Sistema nervoso

Lina Meruane

Sistema nervoso

tradução
Sérgio Molina

todavia

Aos meus irmãos em órbita

*Um sistema não tem uma única história,
mas todas as histórias possíveis*

Richard Feynman

buracos negros 11
explosão 67
via láctea 107
poeira de estrelas 153
gravidade 189

buracos negros

(presente inquieto)

O país tinha ficado às escuras. Era um imenso buraco negro, sem velas.

Em outro tempo, em outro lugar, sua casa estava cheia de velas *magras longas nebulosas*, embrulhadas em papel azul ou amarradas com barbante, para as emergências.

Não havia velas no país do presente onde a luz nunca sumia. Nunca, até que sumiu.

Ela viu morrer a lâmpada que iluminava seu rosto em parte e a noite, quase nada. Ficou por alguns segundos com as mãos sobre o teclado, pestanejando à luz da sua tela cheia de números. Ela. Perguntando-se se seria um fusível queimado. Um mero apagão ou um atentado contra a velha usina nuclear construída e abandonada durante a Guerra Fria. Não muito longe do seu prédio, aquela energia atômica que podia explodir a qualquer momento.

Sempre à beira da catástrofe, seu país do passado costumava sofrer cortes de energia por causa das enchentes, ou da queda de neve sobre as árvores e de galhos sobre os postes de luz. Fios desencapados eletrocutando o vento. Os canais e os rios transbordavam. E os prédios tremiam com o constante atrito das placas tectônicas. Os vulcões crepitavam cuspindo lava.

As florestas ardiam em chamas, as árvores tombavam esturricadas até a raiz, as casas em seus alicerces, as *estradas cartazes colmeias derretidas*, os pássaros em revoada. Calcinados seus corpos se não apressassem a fuga.

Estes, seus corpos, possuídos pela luz.

—

Isso vai me atrasar, Ela exclamou levantando os braços; mais, vai me atrasar mais ainda, e berrava para Ele que já devia tê-la ouvido em algum canto abrindo e fechando gavetas com violência, em vão procurando uma lanterna. Ela revirava papéis e chaves e praguejava. Ele ergueu sua voz incendiária para lhe dizer pare com isso, Elétron. Era o que vinha lhe dizendo há meses, que desligasse o computador, que desistisse da sua tese e das angústias que lhe causava a prisão perpétua de tamanha pesquisa.

Trabalhar por tantas horas podia fazê-la explodir. Era o que lhe dizia, Ele que sabia de explosões. Mas não disse explodir nem estourar, disse, queimando a língua num café que acabara de preparar e que agora equilibrava no escuro. Como se cuspisse, disse curto-circuito.

E Ela viu uma fagulha rápida percorrer seus nervos. A pele coberta de pelos *acesos vibrantes elétricos*.

—

Até as mais insignificantes e vagas estrelas agora salpicavam a noite com sua luz. Pareciam fumegar de tão acesas sobre a cidade apagada. Parou junto à janela para admirá-las. As radiantes constelações, o pulverizado universo da física que Ela não conseguia apanhar naquela tese que vinha escrevendo há tantos anos. Anos sem escrever. Começara estudando as órbitas elípticas e seus campos magnéticos, os cinturões de asteroides e os restos de supernovas milenares; dedicara meses ou talvez anos aos sistemas estelares mais próximos do Sol procurando em vão planetas habitáveis, e conjeturou a posição de astros parecidos com a Terra. Uma coisa levava a outra e refutava a anterior, obrigando-a a recomeçar sua pesquisa.

Seu último esforço seria dedicado às estrelas que já perderam sua luz e colapsaram sobre si próprias formando densos buracos negros.

Só que esses buracos precisavam de um orientador que entendesse deles e quisesse assumir a orientação da sua tese. Que acreditasse que Ela era capaz de lidar com essa densidade. Nem Ela mesma tinha certeza disso, e seu tempo estava acabando.

—

De repente todas as lâmpadas se acenderam ao mesmo tempo, como atravessadas por um raio. Recomeçava a sessão depois de um intervalo de horas. Abriu uma lata de coca-cola cheia de açúcar e cafeína que tomaria antes de mergulhar de volta na tela, por sua conta e risco. Calcularia valores de desvio cósmico e radiação. Mediria o deslocamento das estrelas que se esticavam ao redor do buraco *giratório voraz ponto de não retorno* que as tragaria. E digitaria fórmulas que depois trataria de descartar.

Ele a veria cruzar a porta, nessa e nas manhãs seguintes, e enrugaria a cicatriz que lhe atravessava a testa. Ela perceberia que Ele também tinha deixado de acreditar que Ela pudesse terminar.

—

Foi pensando em apagões e em buracos insondáveis que se acendeu sua ilusão de adoecer. Pensou nisso sem resolver qual a doença. Um resfriado ou uma gripe não lhe proporcionariam a pausa necessária para terminar a tese. Uma pneumonia a impediria de trabalhar. Um câncer seria arriscado demais. Então passou por sua memória o Pai com uma úlcera hemorrágica que o prostrou na cama por vários meses: imaginou-se deitada em outra cama, com seu computador no colo, comendo ovos moles e biscoitinhos insípidos e tomando às escondidas irritantes goles de coca-cola.

Adoecer: ia pedir isso à mãe que a pariu, a mãe biológica e já falecida. Que Ela não chegou a conhecer. Sempre a invocava nas dificuldades. Acendendo um incenso, implorou que a fizesse adoecer de alguma coisa grave mas passageira. Não para morrer como a mãe, de modo repentino. Apenas o suficiente para tirar uma licença de um semestre sem ter que dar todas aquelas aulas de ciências planetárias para tantos alunos distraídos a quem devia *ensinar avaliar esquecer logo*. Apenas o afastamento temporário desse trabalho mal pago para poder entregar-se a outro que não pagava nada.

Não tinha mais a quem pedir. Seu Pai já lhe entregara o que tinha.

—

História de um pacto secreto. Ninguém sabia que o Pai financiara seus estudos no país do presente com as economias destinadas à sua futura velhice. Com esse acordo tinham espoliado seus três irmãos e aquela Mãe que não era dela. Porque a Mãe que teve de preencher a ausência da primeira mãe jamais teria concordado com aquilo. Esse dinheiro todo?!, teria exclamado em defesa dos seus filhos gêmeos e deserdados. É uma fortuna!, arguiria temendo as penúrias que aquele gasto poderia acarretar ao Pai.

O Pai nunca contaria para a segunda mulher que essa era a promessa feita à primeira, exangue depois do parto da filha. Prometa que Ela vai estudar o que quiser, que você vai pagar a faculdade que Ela escolher sem impor condições, murmurou com voz vacilante mas certa de que estava morrendo. É o que eu queria fazer. O que teria feito. Estudar. Se não tivesse, e parou, fechou os olhos por um longo segundo. Casado, disse, sua frase ia sangrando. Tão jovem, eu, com você. O que teria.

—

Ele, já penteado e vestido e barbeado, já acabando de tomar seu café, prestes a partir para o laboratório de carbono e a datar uns ossos acabados de desempoeirar. Ela, vestida mas despenteada, se arrasta até o quarto para escolher seu uniforme de professora e pegar as anotações das cinco aulas que vai dar nesse dia em três escolas da cidade. Com olhos foscos se senta à mesa e confia a Ele o que Ela quer. Adoecer. Conseguir seis meses livres. Ficar em casa só com as duas mãos, com as 82 teclas embaixo de dez dedos batendo de maneira intermitente. Imprimir suas pegadas numa tese que ainda tem árduas semanas de mesa pela frente.

Be careful what you wish for, é o que Ele lhe responde juntando as sobrancelhas numa única linha. O nariz afilado aponta para o prato vazio enquanto murmura sua advertência. Você não precisa da aprovação do seu velho, disse com ar aborrecido, nem precisa lhe dizer que não terminou a tese, que provavelmente nunca vai acabar. Você não precisa desse título, Eletrógena, não para dar suas aulas de astronomia. De ciências planetárias extraterrestres, Ela corrige.

Ela não tinha lhe contado que nunca tivera uma bolsa de estudos, nem de onde saíra até o último centavo, de que bolso, nem que acabava de ligar para seu Pai para lhe dizer já defendi a tese, papai, já sou doutora. Nem que seu Pai tinha respondido com tristeza ou talvez com rancor, já era hora, filha. Que seu Pai ficou em silêncio antes de informar que Ela era a única doutora da família. Etimologicamente doutora, murmurou o Pai enquanto Ela sentia sua voz encolher.

Não sabia por que havia mentido, mas isso também era mentira.

—

Be careful, e deixou a mesa e saiu sem se despedir.

Nove semanas. 63 dias. 1512 horas mais tarde, Ela continuava sendo a opaca habitante daquele apartamento onde, mais que viver juntos, comer juntos, dormir juntos, trançar suas pernas até confundir seus corpos, Ela se fechava para trabalhar. As provas já estavam corrigidas, as notas dos seus alunos entregues. Tinha terminado o semestre sem um espirro, sem uma enxaqueca, mas já começava o verão e o tempo era todo seu e trabalharia sem interrupção.

E teclava, sim, mas com interrupções e distrações, escrevia mensagens no celular cheias de erros ortográficos, procurava termos desusados, anotava palavras desconexas que rimavam mas não serviam para nada embora tivessem uma estranha beleza. E mordia uma unha até sangrar ou coçava a perna e preparava um chá com leite e ia até a janela e voltava a se sentar.

—

Inclina-se para trás e estica os dois braços. Gira o pescoço enrijecido para um lado e para a frente. Uma cãibra repentina lhe atravessa as costas e então, a quietude.

—

Nesse verão quente e úmido mal soprava a brisa agonizante de um velho ventilador.

Corriam *apressados riscos números na parede* os dias e as horas. 1564. 1598. 1613. E nessas horas Ela continuava sem se mover, com uma almofada elétrica na nuca. Maldita mesa alta demais, a cadeira dura que agora a obrigava a permanecer na horizontal. Maldita chicotada toda vez que mudava de posição.

Mais dois dias e retomo o trabalho, decretou, e aumentou a tensão até o máximo.

—

Vontade de arder em chamas. Com ambas as mãos suspensas no ar apanhara a pequena lata de parafina líquida que tomou de um gole. Aquele corpo que era seu corpo aos cinco anos não sentiu o gosto do combustível que a Avó usava para atiçar chamas laranja e azuis na lareira.

Não conseguia recordar o que tinha acontecido depois.

—

Ao desligar a almofada elétrica e se levantar da cama pensou em queimadura: uma ardência insuportável se instalara em seu *ombro nuca brasa*. Sentada diante do computador, sentiu que uma ferida invisível a envolvia, sufocando-a. O verão continuava a escaldar os tijolos lá fora, e Ela, que pegava fogo ao se mover, que morria ao se vestir, resolveu trabalhar nua na cozinha.

Somente as pás girando no teto aplacavam aquela queimação.

A única coisa que importava agora era a fogueira sobre seu ombro.

—

Ela procurara a queimadura ou tinha sido um engano introduzir a mão pela grade que protegia a placa incandescente do aquecedor? A marca que esse acidente voluntário da sua infância lhe deixara era agora apenas uma mancha encarquilhada, na pele que na época devia cobrir as costas da mão.

—

Inflammatio. In flames. Em chamas. Ardor sem romance.

O antigo filósofo da inflamação esfriara havia vinte séculos e jazia hirto, embaixo da terra. Mas não podia jazer, nem hirto nem vestido nem nu, Ela pensou, e sim desintegrado e espalhado sob as ruínas. Ele que lhe explicara, seu perito em ossos: do cadáver não restaria nem uma lasca nem um grama de *cérebro suor pelos no peito.*

Apenas cálcio e fósforo. E átomos de hidrogênio, Ela disse, moléculas. Aquele corpo já não estaria exposto nem à mais ínfima possibilidade inflamatória que, segundo a descrição daquele mesmo pensador, era caracterizada por quatro princípios elementares.

Rubor. Tumor. Calor. Dor.

Eram esses os sinais que Ela havia rastreado em suas próprias costas, equilibrando um espelho entre a omoplata e a clavícula. Não estava vermelha. Nem inchada nem quente. Não havia rastro da lesão, mas lá estava a dor como outra pele.

—

Em vez de ligar para o Pai, teclou o número d'Ele, para compartilhar com Ele o enigma da queimadura. Não havia nenhum indício de que tivesse se queimado. Nem está vermelho, mas arde, explicou-lhe enquanto espalhava pasta de dente sobre *dorso costas línguas mortas*. Ele só sabia de ossos ressecados. Não sei o que dizer, e sua voz soava distraída ou talvez hostil. Não podia ajudá-la de tão longe, da remota cidade aonde tinha ido para um congresso, mas Ela continuou falando como se falasse consigo mesma, segurando o telefone entre os dedos pastosos. Devo ter me queimado por dentro, por baixo, é a única explicação.

Ele tinha avisado. Muitas horas de trabalho. Muitas noites em claro e dias inteiros de calor elétrico aplicado sobre um músculo. Muito abandono do que eles tinham sido em algum momento. Mas não repetiu nada. Pergunte ao seu Pai, devolveu em vez disso.

—

Assim vai morrendo o verão. Assim, a contragosto, meio vestida, cheirando a hortelã e sem ter avançado nem uma linha em seu texto, decidida a abandonar a tese até a ardência passar, sobe num avião para ir se encontrar com Ele na remota cidade do congresso.

Essa cidade perdida no interior, tão úmida e fresca, tão agitada por rajadas de vento noturno, é um alívio.

E embora a queimadura e seu fantasma persistam, sua intensidade vai se diluindo. A incerteza se aplaca, mas entre Ela e seu sintoma instala-se outra coisa: uma leve dormência que começa no ombro e se estende pelo braço em direção ao cotovelo até chegar às costas da mão direita, aos dedos onde tudo começou.

Era apenas uma especulação, talvez não tivesse começado ali. Essa omoplata e esse braço combalidos admitiam outras leituras. Porque já não era apenas *ombro braço túnel do carpo* mas também a base do crânio, a borda da cara, a língua.

Sob o chuveiro quente do hotel onde estão hospedados, Ela nota a pele amortecida. Toca-se mas não se sente. A toalha desliza como um sopro por suas costas.

E quando Ele a toca, o que Ela sente? Mas Ele não a toca há muito tempo. Quando Ele a observa, será que a vê desaparecer?

—

Escreveu braço adormecido na pesquisa e não conseguiu mais dormir.

Consultou por escrito um neurologista do presente mas era um médico avarento com as palavras, respondia com monossílabos quando se lembrava de responder às suas mensagens. Então recorreu ao Pai, por mais que braços adormecidos não fossem sua especialidade, e o Pai lhe disse pelo telefone, falando do outro lado do passado, que não lhe parecia necessário adiantar a volta por causa de uma parestesia. O neurologista coincidiu numa linha lacônica sem pontuação, enviada do futuro, que um nervo pinçado não era motivo para pânico. Mas seu Pai opinou, em outra ligação à cidade remota, que não devia ser um nervo pinçado. A Mãe era da mesma opinião. Seu irmão primogênito estalava os dedos. Os outros irmãos não foram consultados.

Só Ele guardava um silêncio nervoso.

—

E é a mulher que Ela chama de Mãe desde que a conheceu que toda manhã lhe manda mensagens perguntando como vai o braço por onde se espalha esse sono estranho. E Ela responde com um relatório contraditório e sobretudo breve: *sem alterações nem nada a acrescentar*.

E despedindo-se por escrito daquela Mãe que é dela e alheia, tecla: *obrigada por se preocupar, um grande braço*. Só depois de enviar a mensagem percebe que seus dedos disléxicos comeram uma vogal.

—

Retrato de um braço rebelde que se apoiava nas portas do elevador toda vez que subiam do subsolo. Que não se apoiasse aí, que era perigoso, seu Pai avisava, mas Ela descansava o peso da sua infância naquelas portas enferrujadas que deslizavam sobre si mesmas, rangendo. As folhas de aço se abriram quando chegaram ao sexto andar e a manga do seu casaco ficou presa entre elas, seus músculos moles, o osso úmero. E as portas trancadas e a Mãe *gritando rugindo berros de cabra*, temendo que seu braço ficasse separado do corpo quando o Pai, agarrando-a com suas mãos enormes, a arrancou de um puxão.

Seu Pai lhe deu uma surra inesquecível que Ela, no entanto, esqueceu.

A filha sentada sobre as pernas do Pai. A filha enxugando os olhos enquanto o Pai lhe conta uma história de que Ela também não se *lembra*. São tantos momentos adormecidos em sua memória.

—

Essas são suas férias forçadas na cidade remota. De tarde sempre piora.

Esperando o médico que o hotel mandou chamar para Ela, os dois pediram uma sopa que tomam sigilosamente no saguão. De quando em quando levantam os olhos do prato na esperança de que apareça, mas o doutor passa diante deles como um fantasma sem lençol e volta a sumir, sem vê-los.

Terão de esperar que ele termine sua ronda noturna, esperar que volte para olhar o braço perdido e já é meio-dia. Sinos repicam no alto das igrejas.

—

Tinha nome de jogador de futebol aquele médico, mas seu jeito de examiná-la mais parecia o de um treinador ou de massagista. Pediu que Ela realizasse uma série de movimentos coordenados no pequeno quarto. Que caminhasse para a frente e para trás, em linha reta. Que levantasse os braços com os dele pressionando por cima, para avaliar sua força. Que tocasse a ponta do nariz com um indicador e com o outro, que seguisse com os olhos o dedo que traçava uma linha horizontal. Encaixou um nó dos dedos entre cada par de vértebras perguntando se doía, apalpou sua cabeça procurando caroços, virou seu pescoço sem que Ela oferecesse resistência. Soprou os dedos dos seus pés depois de tocá-los com um alfinete. Não encontrava um diagnóstico. Talvez fosse um nervo comprimido por uma hérnia de disco, disse, indeciso, mas teríamos que pesquisar com raios.

Batucando na mesa com suas unhas grossas recém-cortadas, o Pai espera a filha lhe explicar o que disse o médico do país remoto. Insiste em falar com o clínico e os dois discutem seu destino, que será pior para Ela se o Pai estiver certo. O médico massagista indica uma injeção que seu Pai reprova, e o médico desautorizado encolhe os ombros e entrega os pontos, desiste, devolve o fone com seu Pai dentro.

Não é um nervo comprimido, insiste o Pai impaciente no outro extremo do cabo telefônico. Esse nervo tem um percurso que não é o do seu sintoma. E com a voz grave do professor que também foi, limita-se a explicar quais seriam os sinais que indicariam uma hemorragia ou um tumor no cérebro.

—

Entre os lençóis remotos do hotel, Ela esfrega a borda adormecida da cara como se assim pudesse acordá-la. Sua pupila vaga outra vez por páginas médicas que associam parestesia com males que terminam em paralisia. O olho rola, se desbarranca, bate no teclado e o acorda, e Ele grunhe por favor, desligue isto.

Ele pega em sua mão fria, enlaça um dedo com outro dedo *rijo magneto desregulado* até apanhar todos. A pele áspera que os une e os roça. O indicador que apaga a luz. O pulso que se dobra. A palma da mão que cobre suas pálpebras impedindo-a de ler.

Aquelas páginas que seu Pai lhe proibiu terminantemente. Mas até agora, de todos os médicos, o que Ela mais ignorou foi o Pai.

—

De volta à cidade do presente, a mão do neurologista põe os dedos entre os dela, frágeis, frios, como se mais que cumprimentá-la medissem seu pulso.

Esse médico decretará cervicais castigadas e um nervo esmagado pelo excesso de trabalho ou de papéis que Ela carrega por *rampas pontes trens esqueletos da cidade*. E esse formigamento no rosto, será nervoso? O médico abre um sorriso involuntário, inoportuno, insuportável, um sorriso convulsivo: *Your nervous face*. Nervo ou nervosismo, quem sabe. Ninguém sabe, Ela pensa. O neurologista deveria saber, mas é um médico preconceituoso. Não sou uma demente por ser mulher. Esse pensamento se irradia por suas bochechas e lhe salpica a língua. Pode não ser um nervo pinçado, Ela aponta emulando seu Pai. É um nervo, replica o médico frisando bem o verbo "é". Poderíamos pesquisar, para termos certeza, Ela pede, seguindo no plural a sugestão do médico ou massagista do país remoto. Temos certeza absoluta, vê o neurologista dizer, esfregando as pálpebras sob sobrancelhas cerradas, *absolutely sure*, é isso que ele está dizendo, alongando o "u" de ambas as palavras. *Unless you insist*, e faz uma pausa medindo forças, tomando oxigênio, o médico, rangendo seus dentes polidos diante d'Ela que insiste, *I would absolutely insist*, escondendo seus dentes tortos, os molares cheios de cavidades por onde distrai a língua.

Sabemos exatamente o que as imagens vão mostrar, sentencia o neurologista, levantando-se vitorioso da sua cadeira, terminando de escrever com dedos duplicados o pedido de ressonância magnética.

—

Ao mergulharem na noite, para se orientar, os morcegos emitem centenas de guinchos em diferentes frequências que, ao bater de volta, indicam o que se move ao seu redor. O que sua miopia lhes impede ver adquire forma, volume, velocidade no eco inaudível que reverbera. A ressonância é o uivo cego da medicina. Um raio sonoro de imagens na impenetrável opacidade do corpo.

—

Ela nunca entrou na caixa de ressonância. A Mãe, que já passou por ali, sugere que Ela feche os olhos e concentre o pensamento em algo agradável. Mas afundando na saraivada de silvos agudos e no repicar de sinos exasperantes, Ela não consegue encontrar nenhum lugar tranquilo ao qual se agarrar. É assaltada por más lembranças. O telefonema que lhe avisou do atentado que Ele tinha sofrido. A cabeça d'Ele, *toda enfaixada cheia de silêncio*, e a d'Ela cheia de horror. Foi assaltada por imaginárias estações radioativas, bombas do mesmo hidrogênio que ilumina as estrelas, pombas cagando ferrugem em sua cabeça. Sua pesquisa cheia de buracos deformados que Ela não sabe como preencher. Talvez tenha que viver com isso, pensa, morrer com isso, matar alguém com isso, seu Pai, sempre à beira do colapso.

De repente o estalejar muda dentro da máquina, amaina, se acelera, se apodera d'Ela um vento destemperado como a caixa ressonante onde está. Ondas se levantam contra as rochas enquanto Ela mergulha no oceano deixando-se levar pela corrente de alto-mar. Está nadando no ruído, atravessando ou tentando atravessar um turbulento estreito austral onde naufragaram tantos marinheiros com escorbuto, tantos *navios cornos roedores da conquista*. O mar se levanta, curva-se na espuma da crista, levanta seu corpo e o deixa cair num golpe de água endurecida. Com tampões nos ouvidos atravessa marulhos troantes, concentra-se em sua respiração. Já não falta muito, pensa exausta, inspirando e expirando sem perder o ritmo, nem tanto para chegar à margem, pensa, enchendo a boca de ar e água salgada, tragando inteiro o oceano uma vez e mais outra, e mais outra.

—

Aquela vez, na praia. A Prima provocando-a a entrar naquele mar revolto e proibido. Os cartazes interditavam o banho, mas a Prima próxima, que era mais velha e mais ousada, mais insolente, um piercing no umbigo, as mechas queimadas pelo sol, aquela Prima que resolveria tudo de modo antecipado, *apaixonar-se casar-se ter filhas enviuvar*; sua Prima insistiu em entrarem na água. Não seja tão criança, garota, pare de juntar conchinhas. E vendo que Ela hesitava com seu frasco de conchas na mão, abriu a boca e lhe ofereceu uma bala meio chupada mas ainda inteira, sabor abacaxi. Ela aceitou o doce e o recolheu na língua como um escapulário e se despiu do medo, tentada pela Prima que sorria em seu biquíni. Deixaram as toalhas na areia e entraram correndo na *água gelada alfinetes de cristal* que doíam nos ossos. E nadaram para dentro arrastadas pela corrente e os rodamoinhos e as altas ondas côncavas que iam cortar. O corpo a corpo as cansava, as vagas vinham em trincas e rebentavam revolvendo a espuma resplandecente e abrindo buracos no chão do mar. Multiplicavam-se as ondas empenhadas em derrotá-las. E então a Prima despojada da sua audácia fez sinais de sair. Deu um par de braçadas antes de se aprumar e depois uns passos firmes mas perdeu pé num abismo inesperado e perdeu a cabeça, o controle de todo o corpo. Ela a viu afundar e emergir e balbuciar com a boca cheia de algas negras, estou caindo num buraco, e voltar a se perder. E por um instante sua cabeça ressurgiu com o cabelo loiro revolto e uns olhos vidrados de boneca brilhantes de sal. Gritava mas eram gritos encharcados que afundavam com a Prima, não seja boba, berrava, é a lua levantando a maré, desarrumando as ondas, é o mesmo agitado mar de sempre com suas *medusas águas-vivas algas nodosas* Ela recitou como num esconjuro. E foi chegando por trás da Prima, passando um braço por baixo dos seus ombros e lentamente a rebocou. Suas pernas magras empurraram as duas com esforço, seus braços tentando que o peso quase morto da Prima não as arrastasse para o fundo. As duas.

Insultou a Prima estirada na praia, ainda em seu biquíni verde de algas, ainda tremendo, ainda tossindo. A Prima arrancando pedaços de mar dos pulmões. Rogou-lhe pragas aos gritos até perder a voz, e já muda começou a jogar *areia fervendo conchas filhas da puta* com os pés.

—

Retrato do buraco maciço no centro da galáxia. É um umbigo tão escuro que ninguém consegue ver, apenas adivinhá-lo quando atrai estrelas fluorescentes e nuvens de gás para essa *espiral elíptica perigoso periscópio* que tudo consome. Um corpo que se aproximar da sua borda irá, se esticando e avermelhando, até desaparecer devorado pelo buraco. Estava pensando nisso quando a máquina crepitante silenciou. O técnico a retirou da caixa que mais parecia um tubo enorme e tirando tampões dos seus ouvidos afirmou, *it wasn't too bad in there, right?*, e Ela fez que não com a cabeça mas o técnico deve ter pensado que Ela tinha sofrido algum transtorno quando a ouviu responder que não, *not too bad, but of course not*, porque um corpo não teria consciência de cair num rodamoinho cósmico, esse corpo continuaria navegando cegamente rumo ao interior, e o eco distante daquele mar sem maré o distrairia dos rumores da sua própria agonia.

—

Os dias passam como ondas espigadas. Sua vertigem agora é a espera.

Enfim vibra o cabo telefônico que transmite dois relatórios telegráficos como seu doutor. Positivo: nenhum nervo está comprimido entre as vértebras. Negativo: visualiza-se algo de outra ordem dentro da coluna. Algo como quê?, Ela devolve, largando-se numa cadeira vazia na classe onde acaba de dar sua aula. Uma inflamação na medula. Uma estridente mancha branca na nuca.

Mas em vez de chamá-la para lhe mostrar a imagem, o neurologista a manda de volta, de cabeça, para a caixa radioativa.

—

E enquanto marcam a próxima ressonância é o Pai que lhe sugere pedir uma cópia da anterior. Vai a pé até o instituto neurológico pedir suas imagens e enquanto desce pelas escadas até o metrô e espera que as entreguem, ilumina-se em seu interior o câncer ao qual sua Mãe sobreviveu há uma década e a cena de um romance que Ela leu enquanto a Mãe se recuperava. É a imagem de uma mulher muito diferente da Mãe e ao mesmo tempo tão ou mais doente que ela, embora a gravidade da doença das duas só se revelasse mais tarde. Sentada no precário banco do metrô, Ela vê a mulher do romance observando as chapas do seu mal penduradas no espelho do banheiro como panos sujos estendidos para secar. Dois panos pretos veiados de um branco radiográfico. Nas manchas do seu peito, a mulher vislumbra o rosto da virgem que vai salvá-la, da virgem que a levará para o inferno, pensa Ela que sabe como o romance termina.

Ela ainda não recebeu visitas nem de virgens nem de demônios, porque ainda não viu nada: não espiou em seu interior. As translúcidas fatias da sua coluna estão criptografadas no disco que agora lhe entregam junto com um relatório impresso que Ela terá de *decifrar interpretar circuitos cerebrais*, palavra por palavra.

O peso de cada palavra atraída pela gravidade.

Medula, do antigo *myelós*. Não é bom o sinal que sua medula emite e desmielinização é a destruição da mielina que protege o nervo. Mielite, Ela repete lentamente pronunciando esse nome tão doce, tão amargo, que lhe gela a espinha.

—

É o que seu Pai disse: ter informação não é ter conhecimento. Como se Ela não soubesse disso. Ela que está cheia de dados cósmicos que não sabe interpretar. Ela que entregou saberes planetários a seus alunos, a cada semestre sem descanso, que voltou à sala de aula apesar da sua medula.

E porque o conhecimento não apenas se acumula, também se perde quando não se volta a ele, Ela repete as matérias que vai ensinando pelas escolas da cidade. Seus novos alunos resistem cada vez mais à ideia de que o universo provém de uma explosão cósmica e que desde o big bang continua a se expandir, tendendo à desordem e à desintegração.

Se um ovo se quebra, nunca voltará a recuperar a forma original: um exemplo clássico da especulação astrofísica que Ela repete de cor. Mas uma aluna a interrompe para dizer, então vamos comer esse ovo mexido com *salt, onions, potatoes and a bit of our* professora. Esse ovo quebrado se reciclará porque nada se perde, tudo se transforma. Foi isso que o prô de química explicou, arremata a aluna com uma careta insolente.

Os outros festejam sua resposta. Ela sorri com tristeza lembrando-se de que esses jovens ainda vivem na ordem esperançosa da temporalidade que Ela nunca experimentou.

Ela provinha de uma galáxia extinta há bilhões de anos.

—

Fazia anos que a epidemia da ditadura tinha se espalhado e sua Amiga teve que se refugiar na chácara da avó, em sua casa fria de adobe, casa sem luz elétrica nem água potável, cozinha com forno de barro e um quintal com galinheiro e cachorros sarnentos. Ela ia lá aos fins de semana fugindo do irmão mais velho. O Pai, ainda viúvo, sabia que era melhor tirá-la do apartamento, tirá-la, tirá-la de lá, e embora a chácara ficasse longe da cidade ele a levava por avenidas velhas cheias de buracos e ruas de terra e portões caídos e postes pelo chão, e a deixava com a Amiga até o domingo. Assim não estaria rodeada de plátanos-do-oriente que lhe davam alergia, dizia a si, e deixava de dizer o que era melhor silenciar. Tomaria ar fresco, sua filha. Fruta amadurecida em árvores de um verde iridescente. Caquis de um laranja explosivo. Nêsperas ásperas. Pêssegos peludos abertos em carne viva.

Sua filha, pensava o Pai, rodeada de saúde.

A filha descobriria que as galinhas piscavam ao contrário, que talvez pensassem ao contrário.

Se o Pai soubesse que as duas arrancavam do pé figos azuis verdolengos e que, em vez de lavá-los, os sujavam na vala antes de devorá-los. Que atravessavam aos saltos aquele canal turbulento onde o primo da sua Amiga tinha caído. Que os tios dela vasculharam a corrente até encontrá-lo enredado no mato submerso. Se ele soubesse que saltavam aquela vala de olhos fechados. Se soubesse. Que entravam no galinheiro. Que espantavam os galos e recolhiam ovos mornos e morenos cobertos de penas e de palha. Que os atiravam nos carros estacionados na rua ignorando o que esse ato poderia lhes custar. Apostavam para ver quem acertava num para-brisa quando viram a avó chegando, de longe. Enfiaram o ovo que tinham na mão no vão entre as coxas, pendendo da calcinha como um testículo, e ficaram muito quietas, as duas. A Amiga sussurrou, não faça essa cara. Mas essa cara era o ovo quebrado, o barulho da casca. Essa cara era *cálcio culpa sêmen gema* escorrendo por sua perna até a borda da meia.

Aquele ovo que nunca recuperaria a forma original. Os pedacinhos da casca que recolheria num guardanapo e incorporaria à sua coleção de partículas.

Em vez de dormir, sua Amiga cacarejava histórias dos vizinhos e da padeira e se enrolava numa gagueira falando dos seus primos de várias idades e datas de falecimento. E ria baixinho da sua avó lerda, gorda, com o batom derretido no calor da sua boca. Sua avó distraída, tão fácil de enganar. Cabeça de frango, a avó. E cacarejava mais forte, sua Amiga, mas plantava um campo de silêncio em volta dos pais, e Ela intuía que em algum lugar da sua história eles haviam de estar, se ainda estivessem vivos. A agitação da sua Amiga estava cheia de vozes surdas que enlouqueciam as duas. Ela queria que a Amiga tirasse todas aquelas pessoas da cabeça, os pais perdidos, o primo afogado, sua própria mãe morta, seu Pai vivo que sempre podia morrer. Tapava os ouvidos. Durma, amanhã você continua me contando, mas a Amiga parecia decidida a encher a noite com sua murmuração incansável. Vamos ver, disse Ela por fim, sentando-se no colchão. Pegue suas coisas. E a Amiga que no futuro estudaria como salvar vidas parou a língua. A Amiga, seu rosto de olheiras fundas, sua infância obscura. Calçou umas meias de lã e carregando cobertores saíram da casa para o observatório daquele quintal estrelado. Escolheram três astros brilhantes e deram o nome dos pais ausentes. E à estrela pequena, o nome do primo. Aí estão, Ela disse, no céu. O espaço se curvava em torno da matéria. A vibração do universo e o sussurro das galáxias. A insolente distância dos astros. Dormiram resguardadas por uma lua láctea e por estrelas camponesas. Acordaram ofuscadas pelo sol.

O caderno d'Ela seria aquele céu de cometas que foram deixando sua esteira de *poeira clara fugazes lesmas*. O caderno da sua Amiga estaria salpicado de estrelinhas douradas, de papel. Ela a adoraria e a odiaria porque passaria todos os anos sem esforço, se formaria com as melhores notas, a média mais alta, terminaria seu curso e a especialização em urgências sem mentir para ninguém. Sem pais a quem mentir.

Era essa Amiga que agora estava do outro lado da linha. Essa Amiga a escutava sem emitir nem um som porque faltavam peças-chave nos exames da medula e esse não era seu território, embora pudesse investigar. Mas o Pai d'Ela já estava pesquisando com outros médicos do seu hospital.

—

Ela está fazendo 39 em outra caixa onde deverá passar mais tempo ainda antes de sair de volta à realidade. Os anos se dobram para trás e para a frente surgem os gritos que arrancou da mãe de quem não consegue se lembrar, está tudo tão escuro, tão viscoso. Não ousa olhar. Teme abrir a boca e se encher de horror. O chocalhar da agonia materna a aturde e Ela faz anos mais uma vez. E não há ninguém ali, nem células-mãe. Não há bolo nem velinhas nem tragos de sal. Não há oceano a atravessar, apenas um líquido *amniótico amnésico assassino*. Aquela placenta como tóxica medusa. Aquele cordão teso rasgando a mãe por dentro enquanto sua cabeça empurra alcançando a luz de uma lâmpada branca que a cega e o barulho a que vai se juntar com seu choro recém-nascido. Ser o corpo estranho que dilacera e desaloja outro corpo que agora não para de sangrar. Fazer anos nessa cripta cheia de roncos desumanos é a maldição da mãe morta que Ela nunca devia ter invocado. Não devia tê-la despertado no além. Não devia ter pedido nada a ela. Porque amarrada como está da cabeça aos pés, quieta como deve, com um botão de pânico enguiçado entre os dedos e uma agulha incrustada no braço, o fluido opaco subindo pelas veias para impregnar seu cérebro de contraste, porque aí, aí dentro, no fim de tudo, sua consciência vai se enchendo de matricídio.

—

Deu com o fio embaixo da cama, o puxou e apareceu a almofada elétrica, Ela a levantou como se fosse um rato traiçoeiro, pelo rabo, com nojo: era por culpa dela que estava doente, não tinha dúvida, tinha afetado sua medula, mas nem por isso conseguira tirar a licença. Jogou-a no lixo sem dizer nada a Ele.

—

A Mãe viva e todos os conselhos que lhe enfiara na cabeça. Opiniões. Preconceitos. Sentenças. Que era melhor se afastar daquele rapaz porque um vírus tinha atacado sua medula espinhal e lhe atrofiara uma panturrilha sobre o perônio. O rapaz de calças curtas mancava com sua perna de osso. O rapaz dançava com Ela nas festas, meio quebrado, meio desengonçado, e lhe dava beijos ávidos com sua língua descomunal. Beijos sem ar que lhe faziam mal. Podia ver a cara dele, as pálpebras cerradas, as faces ossudas mas tensas. Podia senti-lo esfregar-se contra Ela, o zíper duro da calça que nunca quis tirar. Apenas lhe mostrava a panturrilha. Mielite, Ela pensou observando no passado aquela perna aleijada pelo vírus da pólio.

A Mãe levantou uma sobrancelha e murmurou, essa perna era o menor dos seus problemas, e deu o assunto por encerrado.

—

Be careful. Ela pediu para adoecer e poder escrever e adoeceu mas não terminou nem um único capítulo. Não fez mais que anotar fórmulas inúteis e juntar palavras *erradas avariadas vaga-lumes fulminados* em folhas soltas. Esfrega o braço dizendo não vou me levantar enquanto não terminar mas percorre a tela e não entende o que fez ao longo desses meses, no que estava pensando quando anotava aquelas frases jogadas que agora lhe parecem desconexas. Esfumou-se a ideia. Enrolou-se a equação. Levanta-se para fumar e senta e levanta e volta a se levantar e teme que nunca mais se sentará.

—

Aí está o doutor, postado junto à porta. Ela o segue, senta-se diante de imagens que não entende. Dentro das cervicais o que se vê é mais que uma medula. É uma inflamação viva, um brilho de dois centímetros de comprimento. Uma mancha. Jaspeada. Esbranquiçada. Transversal. E duas lesões como luzes nebulosas na escuridão do cérebro. O que não se vê é a causa.

—

Tinha início a odisseia diagnóstica, mas um diagnóstico não passa de um rótulo sobre um corpo.

Esse rótulo poderia dizer afecção viral na medula: alguns vírus têm atração pelo sistema nervoso, confirma seu Pai sem mencionar o rapaz da pólio.

Poderia dizer doença que ataca as tribos de outro continente. *Mas você não é negra.* É a Mãe que completa essa linha enchendo sua tela de exclamações escandalosas e sinais de interrogação. *Mas se somos todos negros, mãe, você, eu, seus filhos gêmeos, meu irmão e meu pai, e os outros habitantes deste planeta despelado e derretido e perfurado pela radiação.* Revisa sua mensagem antes de enviá-la e em seguida escreve outra. *Sempre que alguém cavouca entre seus genes acaba descobrindo que sua raiz é negra.*

Poderia voltar a acontecer? É isso que Ela teme, que enquanto remexem em seu sangue e investigam o que está causando aquele estrago nas cervicais, se inflame outro pedaço do seu sistema nervoso. Dirige a pergunta por escrito à Mãe, porque seu Pai só responde a perguntas de viva voz. *Poderia repetir-se?* Desta vez não digita mas dita a pergunta ao celular, esquecendo-se de trocar a língua do teclado. *Poderia repetir-se?*, volta a ditar e o aparelho transcreve: *For three out of 53*. Ela insiste, alucinada. Sem levantar a voz na interrogação, volta pronunciar a frase mudando a entonação. *Poderia repetir-se. Poderia repetir-se? Poderia repetir-se!* E leva um susto lendo o que seu telefone traduz a cada tentativa. *Polity at it with you to see. Positive yet C. Polity up with you soon. But idiot up with you say*. E assim por diante.

Poderia ser um mal hereditário, uma predisposição genética. Mas sua mãe biológica morreu muito jovem para saber e é a outra, a que não compartilha os genes com Ela, quem sofreu, assim como Ela, na mesma idade, um ataque da medula. Aos 35 anos uma perna adormeceu. Acabara de se casar quando os médicos decretaram que sofria uma doença letal. Tinha apenas alguns meses de vida mas nunca lhe disseram, e a Mãe, sem saber que estava morrendo, resolveu abandonar os remédios que lhe receitaram. Sem saber que estava morrendo, engravidou. Começou a se recuperar sem saber que sua morte era iminente. Os Gêmeos, diz, me salvaram a vida.

O Pai sofreu um colapso ulceroso quando soube que sua segunda mulher, destinada a morrer tão prematuramente quanto a primeira, estava grávida de dois. Essa dor duplicada o deixou inconsciente.

Poderia ser uma armadilha preparada por um sistema imunológico descompensado que desconhece a si, que se rejeita e ataca seus próprios órgãos, seus tecidos, suas células. Esse mecanismo poderia ter inflamado sua medula, poderia destruí-la até paralisá-la, e Ela então se lembra de que já tem um desses males autoimunes. Um que está corroendo sua tireoide. Mas esse mal não é grave, e um não é nenhum, afirma o neurologista erguendo suas sobrancelhas de penas enquanto escaneia com os olhos um detalhado relatório laboratorial.

O especialista vai descartando doenças incuráveis e catastróficas que não correm por suas veias. O que ele não pode descartar no sangue é esse outro mal, a esclerose múltipla. O cérebro apresenta duas lesões e são necessárias três para confirmar uma esclerose, diz o doutor enquanto Ela realiza seu próprio cálculo. Três manchas, uma única esclerose que ao mesmo tempo seria múltipla.

—

Ela já sabia da sentença esclerótica. Em outro verão, ao voltar de outras férias, notou que tinha perdido um pedaço de panturrilha. Por esse pedacinho insensível chegara ao neurologista de sorriso plastificado que diagnosticou outro nervo pinçado. Deve ser a única coisa que esse médico aprendeu na faculdade, Ela pensou na época, antes, ao ouvi-lo dizer que era melhor ter um nervo comprimido do que sofrer uma deterioração progressiva da medula. Essa é uma doença fatal que você não gostaria de ter, dissera o especialista mandando-a para a casa com o medo da esclerose cravado na cabeça.

E arteriosclerose, o que havia sido dessa sentença? A vizinha ruiva que Ela cumprimentava por cima da cerca do passado dizia, quando deixava as chaves dentro da geladeira, quando não reconhecia o próprio jardim ou comprava um ramo de cravos duas vezes no mesmo dia, dizia que estava ficando gagá. Ela achava que a vizinha solitária inventava lapsos para chamar a atenção, mas Ela mesma hoje é incapaz de encontrar as chaves e os óculos, de guardar o número de planetas de certas galáxias, o rosto dos seus alunos e seus nomes a cada semestre ou se lembrar do sobrenome dos seus amigos íntimos. Às vezes até seu próprio nome.

A vizinha tinha uma pinta embaixo do olho onde Ela via um astro desgarrado.

Já branqueada sua cabeleira avermelhada, ainda exibindo a pinta desbotada, a vizinha foi levada a um asilo.

Tinha perdido *casa cabeça beija-flores*. Seus próprios filhos eram estranhos que chegara a temer.

—

Entre a esclerose e a arteriosclerose havia um cérebro deteriorado, montes de ideias naufragando naquela massa amarelada.

—

Observação de um punho que se levanta em meio aos alunos, uma única mão morena e uns dedos de unhas polidas que se alongam para perguntar por que a professora se referia com tanta frequência a sua cabeça. Cabeça? Vários estudantes assentem, sim, sim, sua cabeça e a nossa, guardar tudo na cabeça, diz uma, ligar a cabeça, explorá-la, acrescenta outro, perdê-la, centrifugá-la e liberá-la para imaginar o universo. Tinham suas frases anotadas como uma denúncia. Cabeça de cobre, disparou seu único aluno ruivo. Cabeças ocas, disseram em coro os da última fileira, dando cabeçadas. Outra a acusou de ter dito que sua resposta não tinha nem pé nem cabeça. Que não falasse cabeças de peixe. E que as cabeças duras se quebravam antes das outras. A professora tinha ousado dizer que por mais neurônios que tivessem na cabeça sempre lhes faltaria memória: um velho telefone era mais rápido que qualquer um de seus cérebros, mas que não era o caso de esquentar a cabeça por causa disso. Ela não se lembrava de ter dito tudo aquilo e não pensava que a lentidão lhes pareceria um insulto. Essa lentidão abria espaço à intuição e à conjetura. Era como tirar o cérebro e colocá-lo fora, sobre uma mesinha, e deixar-se iluminar por sua massa elétrica de neurônios. Sentiu sua cabeça se esvaziar enquanto os alunos daquela manhã esperavam que dissesse mais alguma coisa, que se defendesse ou se arrependesse, que lhes pedisse desculpas. Mas a palavra cabeça repetida tantas vezes se tornara incompreensível. Deixou cair para a frente todo o peso do seu crânio, aqueles seis quilos de osso, aquele quilo e meio de *proteínas orvalho gordura cinza* de um cérebro atravessado pela probabilidade da esclerose. Aquele era o centro nevrálgico do seu desvelo, sua cabeça, não a deles, não a das suas frases, mas não o diria.

—

A acusação ficou pendendo sobre Ela como um fio desencapado.

—

Na avenida, numa manifestação antinuclear, caminhando ao lado d'Ele que caminha ao lado de outros carregando faixas. Ela se afasta até a esquina e faz uma chamada de longa distância. Há demasiados gritos, toques de corneta, lemas e latidos de cães rasgando o ar, seu Pai não a escuta bem e Ela entra num café em busca de silêncio. Seu Pai tenta acalmá-la assegurando que Ela não tem a idade da esclerótica. Não tem lesões cerebrais suficientes. E as lesões da esclerose são redondas, a sua é longa. E em todo caso, uma esclerose múltipla seria um bom diagnóstico. Bom, Ela repete assombrada e sombria. Bom? Fale mais alto que não estou ouvindo, Ela implora. Isso mesmo, bom, ouviu?, responde o Pai, sua voz inaudível se infiltra entre os manifestantes, ou talvez tenha recebido um cutucão da Mãe e por isso pigarreia e em seguida tosse. Bom, filha, bom comparado com um câncer.

Então isso poderia ser um câncer de medula, Ela repete com estupor ao desligar e voltar para a desordem da rua. Não lhe passara pela cabeça, mas tinha passado, sim. Pelos olhos. Vira a palavra disfarçada no relatório magnético: *Não se descarta neoplasia ou possível glioma.*

Repetir cem vezes: toda palavra acabada em oma era uma palavra maligna.

Repetir que podia ser câncer e seria fulminante. As cervicais eram muito estreitas e a velocidade do tumor, inversamente proporcional à idade do paciente.

Podia ser câncer. Poderia ser. Podia ser e podia não ser nada. Idiopática é a palavra que indica esse nada, esse nunca saber: ser uma entre muitos pacientes que ficam sem diagnóstico. Ela preferiria assim: se a causa não tivesse nome, poderia ignorá-la. Se não houvesse evidência. Por mais que esse não saber fosse um modo de saber: saber o que ainda não há, descansar nisso.

Não é nada, diz sua Amiga falando do país do passado que compartilharam, nada enquanto não se saiba o que é. Se um forense não encontra um fragmento de osso não pode determinar a existência de um corpo, sua identidade, sua época. Se o entomólogo não crava seu inseto não pode estudá-lo. Se o médico não recebe amostras, resultados, imagens precisas. Aí se acabam os exemplos. Mas as duas sabem que nem sempre é preciso ver para *crer pensar morrer de forma repentina*.

O problema que a Mãe teve na medula nunca se esclareceu. Depois do parto duplo sua perna ficou boa e ela parou de mancar, avançou com pé firme com o Gêmeo num braço e no outro a Gêmea que tinha o dobro do tamanho dele. Mais ereta que nunca, ressuscitada pelos hormônios, a Mãe.

Não foi esse o caso da Avó: sentia uma dormência num dedo do pé esquerdo por sobrecarga de trabalho. Voltava do seu escritório buzinando para se anunciar e se queixava de um dedo idiota ou idiopático do qual sua filha médica zombava. Uma manhã já não era mais o dedo e sim *pé coxa fala pontada sem linha*; horas depois tinha perdido o conhecimento.

—

Corticoides intravenosos em quantidades explosivas seguidos de uma lenta descida pela montanha-russa dos comprimidos:

essa é a indicação do neurologista lacônico. Corticoides para consertar seu curto-circuito.

—

Falar, sussurravam os futurólogos, era uma tecnologia primitiva, lenta, muito humana. No futuro haveria conexões diretas entre os cérebros e ninguém teria necessidade de *bússolas idiomas mentiras*. Anunciavam uma telepatia com rapidez de banda larga de que Ela não precisava: sempre tivera uma relação telepática com seu Pai. Mandava um sinal e o telefone tocava com sua voz.

Ela percebe que a mão do Pai está cobrindo o fone quando lhe pergunta se precisa de dinheiro, se o que ele mandou vai cobrir esse tratamento, por mais que ambos saibam que o Pai já não tem como ajudá-la. Eu poderia pedir para seu irmão, pigarreia o Pai, ou para sua mãe, mas Ela recusa terminantemente.

—

A Mãe sobrevoa a cidade do presente com suas altas torres cheias de janelas que começam a se acender. Brancas. Esverdeadas. Amareladas. Aterrissa na mesma madrugada em que se inicia o tratamento radioativo da sua filha.

Desaba de qualquer jeito na sala de espera enquanto Ela se reanima com essa droga administrada direto na veia. E acorda desorientada, a Mãe. Olha em volta. Há fileiras de cadeiras verdes e um ventilador mal atarraxado na parede. Uma velha empurra um andador de metal acompanhada por um velho baixinho que caminha muito ereto em direção a quatro secretárias de uniforme azul. Então ela supõe. Sobre uma mesa lateral, uma pilha de revistas sob a capa do presidente recém-eleito. O título está numa língua estrangeira. Então ela sabe. Apruma o corpo e procura a bolsa que aperta embaixo do braço, está fechada, com tudo dentro, ninguém lhe roubou nada durante seu sono. Arruma o cabelo enfiando os dedos entre as madeixas tingidas de preto, certificando-se de que cada mecha está no lugar, presa à cabeça. E alisa a blusa com as mãos, apalpa discretamente o peito insensível certificando-se de que continua no lugar, e verifica que cada botão esteja dentro da casa correspondente.

A Mãe caminha com os braços arqueados, marcando uma corpulência que já não existe ao redor da sua cintura. Os braços curvos como se ela nunca fosse se recuperar dos quilos que padeceu. Espia no quarto onde a filha masca um chiclete insípido esperando que seu sangue se sature de corticoides. Há muitos doentes perto d'Ela recebendo algum outro lento veneno. É a Mãe que pensa nisso, lembrando-se da quimioterapia a que sobreviveu há mais de uma década. Não gosta de se lembrar disso e não há onde se sentar. A Mãe levanta seus ombros resignados para indicar que voltará à sala dos que esperam. E dá um passo ou dois nessa direção e hesita, detém-se, vira-se e recua para anunciar à filha que vai engordar. A Mãe está gesticulando essa frase da soleira. A filha franze o cenho numa interrogação, não sabe se entendeu direito. E a Mãe infla as bochechas e em seguida repete, expelindo o ar e aumentando o diapasão: não se preocupe, mas se prepare. Você vai engordar. A filha não sabe se está lhe rogando uma praga ou se seria um sinal de melhora, engordar. Ou se é o ódio que a Mãe ainda guarda por seu passado corpulento. Engordar, Ela pensa, vendo pingar a indecisa gota do soro. O que Ela quer é não morrer.

—

Alguém disse que na doença há quem se atreva a expressar afeto. Ou talvez tenha dito que a doença costuma se disfarçar de amor. A Mãe voltou à sala de espera.

—

Tudo sobe de repente. Sua pressão arterial. Seus níveis de adrenalina. Sua lucidez. Sua euforia.

Faz contas numa folha quadriculada: precisaria de alguns meses, talvez um ano inteiro para elaborar uma nova hipótese e encontrar algum professor que se dê ao trabalho de responder às suas mensagens. Alguém já havia derrotado as teorias daquele velho físico desgrenhado como seu Pai e as daquele teórico que, paralisado em sua cadeira de rodas, decifrava o universo com um dedo. É o caso de elaborar algo mais recortado, mais descritivo, algo que pudesse resolver em seis ou sete meses. Talvez a via láctea. Talvez apenas seu buraco, apenas um e não um grande teorema, algo bem recortado, algo pequeno. Sete meses não seria um prazo folgado mas poderia conseguir, pensa com euforia, animada pela segunda dose radioativa que agora pensa por Ela, que sonha por Ela, e se me apressar poderão ser até menos, menos, muitíssimos menos os *anos meses enjoos noites em claro*. Não falta tanto assim! Não falta nada! Aceleram-se suas pulsações e se dá conta de que esse otimismo é químico. Essa convicção é feita de esteroides. Terminar em pouco tempo o que não conseguiu fazer em anos. E para quê eu quero menos tempo, pergunta-se em seguida exasperada e não se responde. As ideias se confundem e sente uma vontade irreprimível de vomitar.

E é de noite que afloram seus piores pensamentos mas não acende a luz, não quer acordá-lo, Ele que está saindo de uma temporada no inferno depois da explosão que quase o matou. Se não fosse tão leve seu sono e tão azedo seu humor dos últimos meses, Ela se sentaria na cama que compartilham há alguns anos e pernoitaria na sacada onde só cabe Ela: as estrelas da sua sacada a acalmam, saber que estão sem existir. Resolve ficar quieta, em vez disso. Não suspirar. Não tossir. Não pigarrear. Conter os espirros e os roncos e deixar-se embalar pelo TAC dos relógios na cozinha. Pela goteira que Ele não conseguiu consertar. O quarto a sufoca, cada golpe do ponteiro dos segundos ilumina o rosto de um convidado ao seu funeral. Que Ela mesma está organizando.

—

Na terceira descarga de corticoides aumenta a temperatura do seu corpo. *I'm on fire*, Ela cantarola enlouquecida; a enfermeira diz ahã e se afasta. E já desligada do soro Ela salta da cadeira e solta uma gargalhada excêntrica descendo as escadas de dois em dois degraus, seguida, um degrau após outro, pela Mãe. Portas automáticas que se abrem e se fecham. Ela acelera seus pés pela calçada, a Mãe apressa passos curtos de trancos duros, sobre saltos. Espere por mim, implora, sem ar, mas Ela não pode esperar. Se parar a tampa dos miolos vai se abrir e seu interior sairá propelido para a estratosfera; sua embalagem de *pele poliéster algodão*, sua carcaça de ossos abandonada sobre o pavimento.

—

E a Mãe insiste para Ela descansar mas a droga não deixa e como dizia sua Avó já haverá bastante tempo para descansar no túmulo. A Avó que chegava dando três buzinadas para que alguém fosse correndo abrir o protão. A Avó que dizia sonhar enquanto acelerava pelas ruas. A Avó do dedo adormecido que já tinha encontrado seu descanso.

—

Isso não quer dizer que esteja curada. Isso é apenas um tratamento paliativo enquanto procuram um diagnóstico e avaliam se a medicação surtiu um efeito concludente. Enquanto isso, Ela não deveria se expor a toda essa gente amontoada em *restaurantes cinemas estádios salas de aula vagões do metrô banheiros orgias.* Toda essa gente tão humana e tão animal, tão coberta de fungos e bacilos da pior laia para os quais Ela agora carece de proteção. O neurologista não lhe avisou: em altas dose os corticoides destroem as células de defesa para interromper o ataque que seu corpo pode estar travando contra Ela mesma. Porque às vezes o corpo tem suas próprias ideias. Suas desforras. Seus ataques pelas costas.

O corticoide é apenas uma trégua momentânea que deixa seu corpo à mercê de qualquer infecção.

O neurologista incompetente se esqueceu de avisar, e é o Pai quem lhe dá a ordem terminante: suspender de imediato suas aulas nas contaminantes escolas da sua cidade, fechar-se entre quatro paredes e não ter contato com ninguém, nem mesmo com Ele.

—

O tempo morto da espera era talvez o tempo mais vivo, mais alerta, esse tempo do corticoide abrindo caminho pelas veias, o tempo da programada destruição do seu sistema defensivo.

O sistema imunológico não reside em nenhum órgão, a Mãe se interrompe para cobrir a boca antes de tossir, é, diz, um sistema em circulação, um cérebro móvel que percorre o corpo em estado de alerta. Quando falha na vigilância, o resultado é o câncer; se, pelo contrário, confunde as próprias células com as estranhas e as ataca, pode matar a pessoa. Quer dizer, Ela diz, que as células que matam e que curam são as mesmas. Quer dizer, a Mãe diz corrigindo a filha, que se essas células não nos defendem do estranho ou se nos defendem até do próprio, é que o sistema desandou.

Erro 404. Sistema *gone mad*. Favor reiniciar.

—

Quando o Gêmeo pegava uma gripe ou alguma doença, a Mãe, em vez de isolá-lo, punha a Gêmea no mesmo berço e fazia com que se beijassem. Entre eles, com os primos, com as filhas das suas amigas e dos vizinhos. Impureza é saúde, declarava a Mãe com voz autorizada. Expô-los ao estranho os deixará mais fortes. E ordenava que, se derrubassem comida no chão, deviam enfiá-la de volta na boca sem lavá-la. Que ninguém os impedisse de comer *terra pedras gravetos cheios de cupins*. Fruta podre. Cascas de batata do lixo. A Senhora, que nem sabia há quantos anos estava naquela casa trabalhando de joelhos ou em pé, quantas janelas e chãos limpara, quanta louça lavara e enxugara, quantos copos quebrara de propósito, as crianças em que dera banho, as panelas que levara ao fogo, as geleias que mexera nos caldeirões, os segredos que guardara e algum dia poderia utilizar, aquela Senhora que era a dona secreta de todos eles se escandalizava com essas ordens, seu rosto se crispava, que raio de doutora era essa mulher porca que queria os próprios filhos doentes? E deixava as frutas de molho em cloro, lavava as verduras com detergente.

Mas os Gêmeos nunca adoeciam, os Gêmeos engordavam. O que não mata engorda, assegurava a Mãe ao constatar o aumento de peso dos seus filhos deitados na balança. A Gêmea pesava sempre um pouco mais.

E Ela se pergunta se a inversão desse ditado também pode valer. Porque Ela, que sempre foi magra, continua sem engordar.

—

Embora tivesse parado de fumar, aceitou um cigarro da Mãe, e fumam as duas juntas, e ficam meio tontas, e juntas lembram-se de que, quando ainda fumava, o Pai sempre a mandava comprar os maços que ia consumir no dia. Caminhar fortalece os pulmões e o coração, dizia para convencê-la, e você pode ficar com o troco. E lá ia Ela chutando pedras pela calçada e contando os riscos entre as lajotas até que enfiava a encomenda no bolso e, na boca, um chiclete fosforescente. Voltava estourando bolas e contando os mesmos riscos do caminho, já esquecida das moedas que tilintavam em seu bolso porque sua única recompensa era parar no caminho para recolher as pedrinhas do concreto. Observá-las na palma da sua mão. Perguntar-se qual seria a composição atômica do cimento.

—

A Mãe já partiu de volta para o passado deixando o apartamento cheio de nicotina e mechas do seu cabelo tingido agarradas nos tapetes, presas em sua roupa de baixo e na d'Ele. Ela vai recolhendo esses pedacinhos da Mãe embolados nos cantos, enrosca os dedos no ralo da pia para resgatar esse cabelo de arame velho e separá-lo do seu que é mais fino mas também se acumula aí. Deposita os cabelos da Mãe em outro frasco, Ela, que viveu recolhendo, nomeando, rotulando e perdendo pedacinhos de matéria morta em vasilhames de diversos tamanhos. Ela que ainda guarda *unhas cílios cálculos biliares estrelinhas de papel*. E as unhas do seu Pai.

—

Um antigo inventor conseguiu engarrafar a luz, Ela sonhava em engarrafar estrelas cadentes.

—

Não demora a acontecer a manifestação dos imigrantes sem papéis. As avenidas se enchem de lampadinhas acesas e de lanternas de celular. Contra a xenofobia, clamam alguns. Contra a violência, outros. Ele chega cedo, coberto de poeira e auréolas de suor seco sob os braços, e sem trocar de roupa, sem tempo para dizer a Ela como foi seu dia na escavação de novas fossas, volta a sair para se somar à multidão vociferante. *Don't wait up for me.* É Ele, agitado e vociferante, e volta a bater a porta estremecendo as dobradiças.

Do segundo andar Ela o vê passar rodeado de pessoas desconhecidas para Ela. Ele é sua antipartícula, pensa, seu pósitron, o par do elétron que Ela foi. Um pósitron que de segundo em segundo vai ficando mais distante.

Acende um cigarro na janela aberta, vendo escurecer a rua cheia de gente. A brasa se intensifica a cada tragada, depois se apaga como uma estrela sem hidrogênio. Acende outro fósforo e seus dedos se incendeiam. Lança uma maldição carregada de confinamento, falando sozinha, só consigo, sua voz ainda avivada pela droga. Começa a gritar este país também é nosso, somando-se aos lemas da rua que passam diante d'Ela, porque, embora não possa sair, Ela faz parte de toda essa gente que perambula com suas faixas e sem papéis, dessa gente de todas as cores e espessuras e alturas. Ela apenas reside no presente deste país e trabalha nesta cidade sem ser dali como Ele é. Nascido e criado e quase falecido alguns meses atrás. Ela é apenas uma residente temporária, uma alien doente não se sabe do quê. E fica junto à janela porque agora há estrelas costuradas à noite e manifestantes nas ruas e policiais armados até os dentes, escudados até a testa, prontos para provocar um estouro enquanto Ele continua imerso nessa multidão, lambuzado, misturado à multidão que também é Ele.

Alguém apita e Ela estremece. Uns jovens tocam imensas cornetas anunciando precisamos uns dos outros, o mundo vai acabar se não nos misturarmos. Ela concorda, rodeia a boca com as mãos e lança a voz cava. O sonho de pureza é puro pesadelo, vocifera já rouca de tanto fumar. A imunidade será nossa morte. Alguém para na rua e procura sua voz, sua frase áspera, rouca, e Ela grita mais alto, pelo prazer de gritar e pela urgência de gritar em todas as direções, sem se importar se esse alguém entende o que Ela quer dizer quando urra estamos todos contagiados, o contágio é a saúde, nós imigrantes somos vida, a imunidade é a morte.

—

Até que o corticoide se dissolve em seu sangue e Ela deixa sua mochila no detector de metais que controla a entrada de *facas machados armas ventríloquas* nas escolas. Armas que ninguém proíbe. Dar notas, notas baixas, é mais arriscado que o corpo a corpo com a doença, mas Ela agora prefere o perigo de estar aí. Estar aí é não estar morta, é não estar morrendo. Aí. Nessa sala mal pintada, diante de todas essas cadeiras cheias de alunos matutinos pouco interessados no que Ela possa lhes dizer sobre o princípio da incerteza. Ela tenta ser sucinta: o universo nunca conheceu a harmonia, nunca foi um mecanismo perfeito, não serve para medir o tempo com precisão. Fala sentada em sua longa mesa de professora, tentando não se mexer demais, não se agitar. Vê de perto seus rostos entediados, vê que alguns procuram o relógio da parede com os olhos entrecerrados. Ela segue o percurso do seu olhar e aponta para os ponteiros parados que não há orçamento para reativar. Tempo imperfeito como o tempo do universo, insiste, mas é interrompida pelo sinal do intervalo.

—

História do apocalipse. Depois das grandes guerras planetárias, os cientistas nucleares começaram a calcular a iminência do fim. O relógio do apocalipse indicava que durante anos seguidos de coexistência tensa o mundo estava a três minutos do colapso. Em anos recentes, esse tempo diminuiu para dois minutos e trinta segundos. E ainda mais perto do presente, Ela conta a outros alunos, estiveram a meio minuto de incerteza.

Esses outros alunos, os vespertinos, a observam com atenção: alguns com rancor, outros com desconfiança.

—

Por mais que a temporalidade do espaço seja ondulante, Ela tenta traçar na lousa uma cronologia de descobertas em linha reta. Estrela congeladas. Anãs brancas e pulsares se contraindo e paralisando em milhões de buracos negros espalhados pelo universo. E depois a densidade infinita da singularidade e o horizonte de eventos do qual era impossível voltar. Os efêmeros sóis da física teórica e a irrupção da física nuclear durante as guerras planetárias. A física extraterrestre. Sobre essa linha de giz, o que ocorreu depois, embora tudo acontecesse simultaneamente. E Ela lhes fala e os minutos avançam embora pareçam retroceder ou ao menos estar parados quando sente uma fagulhada imprevista na ponta dos dedos.

Repentina descarga elétrica na mão. Instantâneo ai de dor retorcendo o fio da sua frase. A fração de um segundo se desajusta em seu relógio. Ela esconde a mão no bolso esperando que a imobilidade detenha o choque seguinte que a sacode. Seus alunos erguem os olhos surpresos por esse grito agudo e cochicham tentando deduzir, entre eles, o que está acontecendo com a professora de física.

—

Esse é o retrato de uma mão carregada de volts que já não poderá dar a ninguém.

—

Ao esconder a mão no bolso, ao agasalhar o dedão dentro do punho, Ela reencontra sua professora de biologia. Os difíceis olhos daquela mulher que não queria deixá-la ir à visita ao necrotério: Ela não era sua aluna. Não era mesmo, Ela confirmou, mas tinha uma razão para não ser: Ela aprendia essa matéria nos cafés da manhã e a caminho da escola e na hora do almoço e nas férias que nunca eram de descanso, porque era quando Pai e Mãe dissecavam cada caso e entravam em detalhes patológicos, discutiam os sintomas, os procedimentos. Para seus pais tudo começava no corpo e terminava na doença, e o que se passava no meio era parte da mesma conversa ininterrupta. Mas são apenas palavras, continuou, eu nunca vi nada, e sua voz era de queixa ou talvez de súplica. Ela queria ver os órgãos, cheirá-los, quem sabe tocá-los, e não disse lambê-los porque isso poderia assustar a professora. Não vai haver autópsia, cortou a professora com impaciência, mas Ela notou curiosidade em sua expressão e insistiu, queria ver o que vinha imaginando a vida inteira. Quer dizer, não só imaginando, confessou sem medo da verdade. E a professora inclinou o rosto e encolheu os olhos *suspicazes indecisos verdes de nojo* querendo saber. Vi algumas coisas. Onde tinha visto o quê. Em sua casa, Ela precisou, sobre a mesa do seu Pai, em seus livros ilustrados. E começou a recitar não os órgãos que eram muitos, mas os sistemas do corpo. Esquelético. Articular. Muscular. Circulatório. Linfático. Endócrino. Nervoso. Imunológico. Já os sabia de cor, mas e o digestivo? Não era um sistema, e sim um aparelho, Ela respondeu entrecerrando as pálpebras porque um raio surgira entre as nuvens crespas, no pátio, em seu rosto.

Explodia em seus cílios, o sol. A professora fechava ainda mais seus olhos atravessados de neutrinos e ia assentindo ao mesmo tempo que negava com a cabeça, com toda a sua figura alta e presunçosa, com uma das mãos enterrada no bolso enquanto os dedos da outra afastavam do seu rosto o cabelo escuro, brilhante, abundante.

Ela não soube se iria até que se viu dentro do ônibus escolar e se sentou na primeira fileira ao lado da professora de biologia, que lhe perguntou qual era a especialidade do seu Pai que não tinha especialidade mas era um dos melhores. Ela se gabava do Pai porque era o único generalista que conhecia.

Naquela tarde pretérita, naquele ônibus que atravessava o centro militarizado da cidade sob uma ditadura férrea, a professora já não disse mais nada e Ela esteve mais perto que nunca de lhe perguntar pela mão que levava oculta no bolso, aquela mão que ninguém nunca vira, aquela mão que, todos suspeitavam, não estava lá.

—

Conjetura de uma manga costurada a um bolso. Naquele desvão de pano *unhas inúteis cadeados dedos a menos ou a mais*. A borda recortada do seu braço.

—

E se sentara junto à mesa de dissecação que em sua lembrança era de madeira mas devia ser de aço, numa sala mal iluminada que provavelmente estava cheia de luzes. Um cheiro frio e ardido penetrando *volátil inflamável metílico* em seu nariz que Ela tapou vendo que ninguém mais fazia isso. Não os membros mudos daquela seita colegial que parecia rezar para aqueles órgãos. Um coração de artérias recortadas. Um baço inchado pela leucemia. O duplo pulmão manchado pelo ar mal ventilado da cidade ou talvez pela fumaça de incontáveis cigarros. A massa enrugada do cérebro que o bisturi recortaria naquela lição de anatomia que Ela não conseguiu suportar. Embriagada pelo formol, mortificada pelo nojo e pelas ânsias, se viu forçada a sair para respirar fundo e voltar a entrar, obrigando-se a resistir ao mal-estar e assistir à cerimônia de abertura de cada órgão, mas foi em vão porque voltou a sair e a entrar e a abandonar para sempre o anfiteatro improvisado.

Nunca confessaria ao Pai que não tinha conseguido olhar, que acabara fugindo do necrotério, que preferia recuperar em sua memória os órgãos de plástico que enfeitavam a mesa dele. Aqueles órgãos duros e ocos que se abriam pela metade estavam cheios de mistério.

—

Ele lhe contara que os corpos do necrotério costumavam ser os que ninguém procurava. Corpos migrantes que se faziam desaparecer aos pedaços.

Ela interrompe o rumor dos alunos falando da massa branca encontrada em sua medula que lhe manda ocasionais *chicotadas enguias elétricas*. Como nos fenômenos físicos, os especialistas testam hipóteses mas não chegaram a nenhuma conclusão. Não quer complicar as coisas, não sabe se seu caso é um lento suicídio interior. É uma inflamação nas cervicais, resume em voz alta, vendo que alguns aproveitam a pausa para mexer no celular enquanto outros calculam as aulas que poderão ser canceladas.

—

Seus rostos borrados na hora da chamada oral. Esfregou os olhos perguntando-se o que estaria provocando a perda de acuidade visual. Sabia que um novo ataque na medula poderia comprometer o nervo óptico e que a prova concludente era dada pela cor vermelha. Essa, sua cor favorita, também podia ser a cor do seu transtorno. O sinal: que o vermelho perdesse intensidade num dos seus olhos. Devia fechá-los alternadamente, comparar o que via e declarar, declarar a si mesma na falta de especialista, se percebia alguma diferença entre um vermelho e o outro.

Você não está enxergando direito porque não limpa as lentes dos seus óculos, Ele rosnou cansado da sua consulta constante de sintomas. Ele, que preferia morrer de gripe antes de se assumir gripado. Ele, que só tomava analgésicos sob ameaça de morte. Que nunca ia ao médico. Que preferia não comentar seus sintomas nem com Ela. Que limpava seus óculos com esmero ao acordar, que examinava ossos trincados com impecáveis lentes de aumento. Os d'Ela estavam sempre cobertos de impressões digitais. E tentou tirar os óculos das suas mãos, Ele, para limpá-los.

O contato dos seus dedos cheios de estática, e entre eles, uma estranha intermitência.

—

Um filósofo antigo estava convencido de que a luz provinha dos olhos, que era emitida por eles; se não fosse assim, argumentava, as estrelas mais distantes não seriam visíveis; o filósofo concluíra que a velocidade da luz ocular devia ser absoluta.

Explicando a velocidade da luz, Ela diz aos estudantes de outra turma que um míssil poderia percorrer milhões de quilômetros em mil segundos e cair bem na porta da escola. Menos de dezoito minutos, aponta um estudante alarmado com o pouco tempo que teriam para encontrar um abrigo que nem sequer existe. Mas a rapidez do míssil é ínfima comparada à da luz, que também já não é a mais rápida, Ela responde, acrescentando que as camadas de refração eletromagnética da atmosfera opõem muita resistência. A verdadeira rapidez é a do vácuo, diz, mas isso não consola seu aluno.

—

Ela não percebe nenhuma melhora mas também nenhuma piora. E isso tampouco a consola.

Quem será seu próximo médico responsável? Seu médico irresponsável lhe comunica que a esclerose está descartada, oferece pela última vez seu falso sorriso e a encaminha a uma colega menos fugaz, mais alta e bem menos idiota.

Na primeira consulta, Ela perscruta essa neurologista de olhos translúcidos que se arregalam quando lê sua ficha na tela. Um olhar fixo, seco, que não sabe piscar. Falta alguma coisa nessa neurologista, Ela ainda não sabe o que é. Deixa que desfie seus estranhos termos que outros médicos mais velhos nunca poderão entender, mais educados na exatidão dos sintomas a que o corpo d'Ela resiste. A neurologista sorri, parece se deliciar com o repertório que põe em jogo, *axônios bainhas sinais estenose foraminal*, e mais palavras proferidas com voz suave mas não doce, não hesitante. Mielina. Mielite. Mielopatia. Já sem sorrir repete cada uma como que temendo que Ela não entenda sua língua de conceitos crípticos que a paciente já estudou. Ela concentra sua atenção nas leves linhas em torno da boca de lábios finos sem batom, no cabelo castanho de raízes pretas, nas mãos quietas da neurologista sobre o teclado, e continua a examiná-la até perceber o que é que lhe falta. O estetoscópio. Aquele que pende do pescoço da Mãe como uma lânguida gravata e aponta pelo bolso do seu Pai, minhoca de borracha, cabeça de aço, e desliza frio por sua lembrança, por suas costas, por seu peito plano, certificando que dentro d'Ela há um órgão oco, sonoro como um tambor, rodeado pelo silencioso vão dos seus pulmões. Mas a neurologista não leva seu estetoscópio nem pendurado nem escondido. Quanto tempo faz, pensa, observando-a, que ninguém a ausculta.

Só Ele pousa a orelha sobre seu coração, de vez em quando.

—

Vingar-se desse vocabulário com outro que sua neurologista não conheça, despejar um *superposição de ondículas g(z) g(-z)* na língua universal da matemática que, como toda língua, só é entendida por quem a usa. *Fulerenos férmions convolução*. Múons mais pesados que elétrons. Despejar sobre a doutora pedaços desse idioma que Ela só falava consigo.

—

Seria essa neurologista que trataria d'Ela?

E quem seria a mulher que perambulava pelas ruas pedregosas da sua infância. Ia até a casa da praia e batia à porta já sem sinais visíveis de humanidade. Seus *lábios pupilas sobrancelhas desenhadas com caneta*. Sua cabeça envolta num trapo que pretendia ser turbante. E a Mãe fazendo a filha desaparecer com um gesto das mãos enquanto desenhava com a boca a palavra câncer que essa mulher portava como coroa.

Houve outra mulher mas nunca soube quem era. O Pai passou no hospital para pegar uns papéis e a levou por *escadas quartos de despejo sombras*, por consultórios abertos e fechados. Tinham cortado o caminho de saída pegando um corredor que atravessava o setor de raios. O Pai se deteve lá, absorto na tela onde os dois viram suceder-se as fatias de um cérebro partido ao meio. Um cérebro como um livro aberto. A matéria dos pensamentos exposta. Inclinado sobre a tela, o longo dedo do Pai foi traçando o perímetro do crânio e as curvas do interior rugoso, e se deteve num caroço branco. Olhe, disse, está vendo isto aqui? A massa cerebral diminuía a cada corte ao mesmo tempo que o caroço aumentava incrustando-se no osso. Uma bola compacta como um golpe. Deve doer, disse Ela, sem entender o que estava vendo.

—

Mas por que você acha que está com câncer?

Em sua memória revivem o câncer de garganta do seu avô materno e o meteórico câncer de cólon do seu tio. Os cânceres metastáticos de pâncreas e de fígado das tias. O câncer de mama que extirparam da Mãe.

Nenhum deles era hereditário mas eram todos mau agouro.

E a colega da academia tinha emagrecido tanto que quando Ela foi visitá-la passou ao largo do quarto coletivo. Ouviu alguém chamá-la de trás, de longe, de uma era já vetusta que ainda vibrava com seu nome. Virou-se para vê-la mas encontrou apenas lábios rachados, faces proeminentes. Olhos saltados e amarelados. Um monte de ossos hidratados com soro.

E quase ia se esquecendo do pai da violoncelista. A Mãe estava lembrada? O pai daquela conhecida sua era um famoso músico de orquestra. Começou a sentir dores de cabeça, dormência nos dedos que tocavam piano. O médico decretou que era por causa do excesso de viagens, de concertos, de dormir em camas estranhas numa cidade diferente a cada noite. As mudanças de altitude e tanto álcool não lhe faziam bem, sugeriu o médico, por mais que o pai da violoncelista já não bebesse.

Só depois de descartar todas as causas físicas podia-se aventurar uma causa psíquica, aventurou o Pai. Ou cansaço. Ou esse tal de estresse que explica tudo sem explicar nada. Causas físicas, repete Ela, a especialista em ciência física sem diploma.

—

Esqueça o câncer, disse seu Pai instantaneamente arrependido de ter voltado a pronunciar essa palavra. Quer dizer, disse, esqueça isso. Ela então lhe lembrou que o radiologista ainda não descartara um tumor e que a neurologista pedira uma amostra do líquido raquidiano. Ela tinha dado como certo que continuavam procurando as proteínas da esclerose ou algo mais estranho, mas, ao perguntar, já nua, já sentada sobre a maca, já encurvada para a frente, a residente leu o pedido e teve de reconhecer que estavam procurando células cancerígenas.

—

A residente lhe explicara que seria como a picada da epidural. Você teve filhos? Não, Ela negou, sentindo uma espetada na coluna.

Tinha dito: isso não deve demorar mais que cinco minutos. No máximo quinze. Você é magra, isso facilita muito as coisas. Mas tinha se passado mais de meia hora e a residente já introduzira cinco grossas agulhas entre três vértebras que lhe deram quatro choques elétricos da virilha até a ponta dos pés.

Está doendo muito? Era a residente atrás dela pedindo que medisse sua dor. Por que será que os médicos e seus assistentes perguntavam pela dor em números de um a dez? Podia-se dizer que um era dor? E o que seria dez? Em relação a que podia ser medida? O que a pessoa era capaz de suportar antes de perder os sentidos? A pior dor que pudesse recordar? Mas as dores guardadas em sua memória se desintegravam diante dessas agulhas que a faziam mugir um seis, um incerto oito.

Qualquer dor no presente era sempre a pior dor imaginável.

—

Certa vez arriscou um cinco enquanto o médico anotava nove em seu prontuário clínico. Estava convencido de que as mulheres subtraíam dor à sua dor. Na vez seguinte apostou num nove. A enfermeira cravou n'Ela um olhar severo, afirmando numa língua vulcânica: no nove você estaria urrando.

E talvez existisse um limiar, uma intensidade máxima que os nervos se negam a registrar. Talvez dez fosse o desmaio, o número inexprimível. O fecho preventivo. Seu Pai fraquejava diante da dor. Ela o vira cair inconsciente num corredor profundo, incapaz de suportar o golpe que seu corpo lhe propinava.

—

O Pai a ensinara a contar para que tudo tivesse um número.

—

Você costuma sentir dores nas costas? É a residente, que continua atrás d'Ela tentando encontrar sua medula. Não, nunca, geme a paciente com impaciência, deitada de lado, encolhida na maca. A não ser na sala de aula, acrescenta, pensando que o lumbago da classe não se compara com o que a residente está fazendo com Ela. Essa picada. Esse urro que deixa escapar ao ser eletrocutada por seus próprios nervos.

De um a dez é a pergunta e treze é a resposta. E se conseguirem extrair esse líquido transparente Ela deverá repousar para evitar a dor na massa gosmenta do seu cérebro desprovido de água, sódio, potássio e raros fosfatos, de *cálcio cloro amnésicas traças* que o rodeiam e o protegem.

—

Não à medicina, Ela responde sem conseguir evitar outra contração de dor na voz. Eu me dedico à física. Leciono essa ciência. Mas Ela sabe que seus saberes a denunciam. A médica que carrega em seu interior acaba de ser descoberta por uma colega.

Essa pergunta vinha de muito longe. Esse resmungo repetido. Graduação em física? E o doutorado vai ser em quê, estrelas mortas? Que se dedicasse ao vivo, murmurou o Pai. Mas eram vivos esses astros que às vezes se moviam de modo imprevisível, puxados pela gravidade de alguma galáxia próxima. Mesmo mortos, esses astros continuavam a emitir seu brilho pretérito.

—

Puxa, sussurra a residente quando Ela pede que deem a punção por fracassada. A agulha deveria estar na medula mas está pegando em outro ponto. Você deve ter uma variação anatômica, posso fazer uma última tentativa? E continua a procurar entre suas vértebras onde reside sua variação.

Já lhe disseram isso, Ela que é a torta. A estranha. *Bicho esquisito fora de lugar.* Ela solta velozes disparates verbais com muita frequência. Vive se enrolando entre duas línguas, a que escreve e a que fala. Esquece certas palavras como se vivesse num permanente curto-circuito de neurônios. Diz tudo isso a si mesma agitada de ódio e o diz a Ele, que suas vértebras estão tortas segundo o que lhe disseram e que deverá repetir o exame embaixo de uma tela. Para que possa afinal ser espetada pela inexperiente entomologista das costas.

—

Seu Pai nunca foi tão enfático como nesse telefonema: a punção lombar não deve ser repetida. Para que cutucar aí, drenar aí e sugar seja lá o que for se não há nada a fazer agora, deviam ter tentado antes dos corticoides. Toda manipulação tem riscos e a espinha é delicada. Bando de incompetentes, opina o Pai ofegando ao seu ouvido. E Ela faz uma pausa antes de lhe lembrar que continuam procurando um câncer. Fala esse câncer sussurrando, cobrindo a boca com o telefone porque está rodeada de alunos silenciosos prestando uma prova. Não é câncer, bufa o Pai. Tire esse câncer da cabeça. Você sabe qual o diâmetro das cervicais? Se fosse câncer você já estaria morta.

—

E quando desliga sente as mãos coçarem como coçam toda vez que pensa que seu Pai vai morrer. A coceira, como também diz seu Pai, é a irmã caçula da dor.

Devemos descartar a existência de células malignas, insiste a neurologista precavida enquanto Ela esfrega as mãos na calça. Eu não estaria pior se fosse câncer? Já não estaria enterrada? Ela imita o tom paterno para interrogar a especialista que a refuta respondendo, com voz assassina, que alguns tipos de tumor apresentam remissão temporária por ação de corticoides e esse poderia ser o seu caso.

E essa resposta a pulveriza, mas das cinzas se levanta decidida a trair o Pai. Traí-lo mais uma vez por causa da possibilidade de um tumor, por causa de uma doutora que só sabe de medulas e talvez nem tanto, pensa, as mãos cerradas, as palmas suadas, a coceira aumentando.

A primeira traição foi preterir a medicina por uma ciência que explicava tudo, o micro e o macroscópico. A segunda traição foi dilapidar a velhice do Pai e depois mentir para ele deslavadamente. Sua última traição seria desprezar seu conselho.

—

A neurologista garantira que o hospital entraria em contato para marcar aquela punção sob uma tela precisa mas os dias vão passando, e nada. Vasculha seu celular. Seu calendário. Cada terça-feira é uma semana a menos.

Uma terça é outra terça é outra terça.

Seus óculos definhando sobre a mesa.

Procura o número do instituto neurológico e pede para falar com sua neurologista. A secretária exige um motivo para interrompê-la. A possibilidade de um câncer lhe parece razão mais que suficiente, mas não diz tumor, não diz *crescimento carcinoma células sanguinárias*, não sabe por que filtra a malignidade da sua frase. Mas Ela sabe, sim. Sabe que a ansiedade do paciente impacienta os outros. Sabe o estigma que marca os indóceis, os que duvidam, os que interrogam, os que se opõem, o paciente rebelde. Ninguém quer lidar com o desespero alheio. A secretária imutável parece distraída ou talvez esteja olhando roupa íntima na tela do computador enquanto repete que a doutora está ocupada. Logo vão chamá-la do hospital, aquele velho labirinto de cal e aço atravessado de tremores, aquele prédio cheio de elevadores onde as pessoas se perdem. Vão chamá-la quando o hospital achar conveniente. Mas quem é o hospital?, Ela pensa enquanto a secretária informa que Ela não é a única doente e que as listas de espera são longas. Ela não é ninguém. Ninguém. Isso Ela já sabe. Ela não passa do blá-blá--blá de milhões de células tão nervosas como as de qualquer pessoa com uma perspectiva terminal. E a secretária avisa que está aproveitando para verificar sua ficha e que deverá repetir os exames de sangue. Sua amostra anterior está para vencer. Suas células rebentam, disparam no corpo d'Ela, que já pagou por esse sangue, pela agulha e pelos cinco tubos etiquetados com seu nome. Exige uma explicação sabendo que essa é a exigência errada, que essa simples palavra a manda para o canto dos pacientes difíceis que o instituto neurológico não está disposto a aceitar. A secretária subalterna passa o fone para a secretária-chefe que, *odiosa alterada sua sinapse* por essa interferência em sua rotina, repete para Ela o libreto que a outra acaba de declamar.

Não ser mais que sinapses era ser muito animal.

—

E não devia ter traído seu Pai. Já se passou outra quinta, outra terça, outra sexta na qual se vê processando o hospital lá do inferno.

—

Recuando uma década até seu câncer, a Mãe, de novo ao telefone: agora não estou com maus pressentimentos, nunca comentei com você, mas passei uns meses horríveis antes de descobrir o tumor. Ela a imagina com *palpitações pesadelos ovos na corda bamba*, enquanto a Mãe continua, sem saber de onde vinham aqueles sintomas nervosos nem a quem estariam destinados. Sem saber que se destinariam a mim mesma. Diz a Mãe faltando com a verdade, porque sempre sofreu essas palpitações, em seus frequentes pesadelos foi matando todo mundo. O que é estranho é que agora a esteja poupando.

Matou principalmente o Pai que, segundo a lei do tempo contínuo, deveria ser o primeiro, mas além disso inverteu a ordem e sonhou a morte dos seus Gêmeos. Abandonou os dois numa banheira cheia de água ou trancados no carro sob um sol calcinante, esquecida deles enquanto ia trabalhar. Viu seus dois corpos num mesmo caixão, uma cabeça em cada extremo, tocando as bocas com os pés.

—

Se os Gêmeos se atrasavam para voltar da escola, a missão d'Ela era ligar para os hospitais e verificar se não estavam lá. Presa à porta da geladeira havia uma lista preparada pela Mãe com os telefones dos postos de saúde, das clínicas e do necrotério. E os Gêmeos se divertiam pondo a Mãe à prova com sua demora. E também a Ela. Aqueles Gêmeos que sem ser seus irmãos de todo eram sua responsabilidade: a Mãe telefonava do consultório para saber se já tinham voltado e Ela respondia que sim, mesmo não sendo verdade.

—

Eletrônica, Ele a chama da porta, Eletrochoque, Elemento ou simplesmente Elê mas com mais frequência Elétron, com as chaves ainda na mão. Por onde você anda que mal te vejo? Ando muito apagada, Ela responde da poltrona coberta de papéis, onde já é noite. Toda essa pesquisa. Tudo o que anotou com seu braço adormecido é ilegível, é tempo perdido. Tudo o que veio depois, o longo parêntese. Não vou terminar nunca, diz, deixando que Ele detecte renúncia em sua voz e em seguida, ocultando sua resignação, fala com saudade e alívio dos sóis maciços que morrem condensados num ponto de infinita força gravitacional, que puxam estrelas próximas e devoram sua luz. Essas estrelas fugindo dos seus olhos, afundando em bueiros cósmicos onde tudo se perde. Mas os buracos salpicam pequenas partículas de matéria, Ele responde citando as palavras d'Ela porque foi com Ela que Ele as aprendeu. Os buracos não são completamente negros.

Ela se remói pensando que no fundo do seu buraco vive seu Pai.

—

O tempo não conta mas transcorre, cumpre-se o prazo. Ela cruza as portas para entrar no campo magnético, outra vez, e outra vez se deita na cama de ressonância que avança para dentro do tubo. E fecha os olhos para que seus raios a perfurem sem tocá-la, e os abre, e volta a se perguntar como fazem para manter o teto da sala impecável enquanto todo o resto está caindo aos pedaços, e se levanta do seu corpo e o veste e volta para casa e dorme e sonha agitada e acorda tão exausta como se deitou, toma um banho com desencanto mas sob o jato de água junta *palavras frases fósseis de outros tempos* e sai para a rua trôpega, entra em vagões sujos de metrô que atravessam a cidade velozes como os dias, sem sentido, sem direção, um após outro, uma após outra, após outro.

E quem a chama agora é a assistente de neurologia para informar que a inflamação da medula diminuiu. A expectante respiração da assistente enche o vazio que Ela cavouca com seu silêncio. São boas notícias, não? A pergunta soa a súplica.

E não entende por que fica relembrando essa conversa em sua língua materna. Isso que acaba de transcorrer em outra.

—

Do outro lado da linha o Pai recita suas perguntas diagnósticas. Sumiu a queimação. Sim. O formigamento, sim. O adormecimento. Ela preferiria não contradizê-lo mas embora a resposta seja sempre sim sua mão continua sofrendo *descargas fagulhas dolorosas vespas* nas polpas dos dedos. Quando toma banho quente. Quando lava louça. Quando passa creme nos pés, sempre ásperos. Quando fala demais ou ri às gargalhadas, quando bate os braços em retirada, quando escreve na lousa e enche os lábios de giz. Quando inclina a cabeça. Quando a afunda no peito: outro choque elétrico.

Você está com os fios desencapados, filha, isso é tudo, decreta o Pai, enquanto não sararem continuarão enviando sinais.

Seu sistema nervoso guardava a memória *falha torta inútil* de um dano e continuava a revivê-lo, essa era uma explicação. Mas se ele tem memória, Ela pensa com excessiva lentidão, pensando em presente e talvez em outros tempos, se meu corpo tem memória, então também há de ter esquecimento.

explosão

(meses antes)

Com licença de alguns dias. Proibido de se levantar e de se expor a qualquer coisa que possa alterá-lo. Ela o lembrara disso na noite anterior mas Ele se aventurou a entreabrir a porta, a estender o braço até o chão: envolveu com a mão e empunhou o jornal enrolado num elástico. O jornal que Ele não devia ler nesses dias de recuperação. O jornal que esconderia d'Ela.

Fechou a porta suavemente para não acordá-la e ficou por um momento quieto, à espera. Quieto. Com a impressão de que algo ficara preso no ar, lá fora, em algum lugar do edifício. Um rumor. Um eco que não devia passar de alucinação auditiva. A bigorna e o estribo apenas davam marteladas insensíveis num dos seus ouvidos. Ele sabia que esses rangidos só existiam em seu interior. Ainda não podia confiar em seu tímpano mas intuiu que desta vez se tratava de um som gerado fora do seu corpo. O ciciante domingo dos vizinhos. O ronco d'Ela. O gorgolejar da cafeteira na cozinha. Não era isso, nem chuva, o café, um nariz entupido. Era um ruído *vivo vibrante urgente*. E voltou a sair, Ele, o rosto marcado por queimaduras, a orelha enfaixada, e voltou a ouvir um *e* trêmulo no corredor, um *eeeee* alongado e terminado em consonantes. Um *heeeeelp* soterrado, sustentado. Uma voz pedindo socorro?

Ela depois o recriminaria por ter atravessado a soleira de cueca e camiseta, por ter saído em busca de uma voz quem sabe inventada atrás de *muros orelhas crostas assimétricas*. Por descer sozinho as escadas estando em repouso e seguir por outro corredor de ida e volta, e voltar a subir até chegar à entrada do apartamento de onde parecia vir aquela palavra arrastada.

—

Descrição de uma cabeça cinzenta derrubada pela velhice. Mal se agita quando ouve passos se aproximando às pressas.

—

Isto aqui é um asilo, Ela comentou com acidez quando Ele a acordou para lhe contar do velho tombado, sangrando pelo nariz. Do braço estendido sobre o piso, que ainda segurava o jornal como uma tocha. Vai saber há quanto tempo estava lá, caído no vento, disse Ele tentando evitar que o condenasse por ter saído sozinho nesse estado. Ainda bem que você conseguiu socorrer esse velho, Ela murmurou com uma careta, apertando os olhos, supurando indignação.

Mas Ele já se distraía da sua silenciosa recriminação, aturdido pela imagem do senhor que havia resgatado do chão para sentá-lo numa cadeira e lhe oferecer um copo d'água. Não conseguia esquecer que propôs chamar uma ambulância, mas o velho insistiu que não fizesse isso. Vá embora por favor, implorou. E Ele foi embora com o velho cravado dentro.

Não chegara a perguntar seu nome ou não teve coragem. O que não tem nome corre o risco de desaparecer.

—

Um músculo ou um nervo crispado, um repuxão entre o olho e a face foi o que Ela viu surgir no rosto d'Ele quando a chefe lhe pediu que interrompesse a licença e voltasse para assumir a perícia em campo, mesmo sabendo que não devia se aproximar daquele local de escavação que o mandara de cabeça à clínica e os outros ao cemitério. O psiquiatra receitara que se afastasse daquela fossa e de todas as fossas por uma temporada. Mas a diretora não podia cuidar do caso e o segundo na hierarquia era Ele.

Devo me ausentar por alguns dias por questões estritamente pessoais. Assim começava o memorando da diretora à equipe. Somente com Ele deixou de lado os eufemismos para confiar que de madrugada, ao acordar, ela se deparara com o marido cravando nela uns olhos suplicantes e arregalados. Nem dormindo nem acordado.

Você vai lá?, Ela perguntou erguendo a voz. *What would you do?*, Ele respondeu encolhendo os ombros e voltando a bater a porta com força.

—

Perceberam que o velho do quinto andar tinha morrido quando viram, pregado na entrada do prédio, o cartaz de venda do apartamento dele. A corretora abriu a porta para eles com mãos venosas; flácida a pele no decote mas não no rosto repuxado recentemente, brilhante de cremes e créditos vantajosos. Tentou esconder o que eles já tinham adivinhado mas acabou reconhecendo, com ar resignado, que alguns se retiram a asilos para esperar sua hora *sentados caídos desmaiados anelantes* e outros preferem terminar a vida aos cuidados de estranhos nos hospitais. Não era o caso desse velho que escolheu morrer sozinho num apartamento próprio. Foi com essa finalidade que ele havia comprado os 45 metros quadrados que a corretora agora lhes mostra. A mesma mulher de pele enrugada e engomada o vendera ao falecido apenas alguns meses atrás e podia fazer um bom desconto para eles. Estavam interessados?

—

Ele sonhava que abria um corte no ancião e rasgava sua pele como um pano, com ambas as mãos, antes de partir o esterno e encontrar a si mesmo queimado no interior. Outras vezes encontrava dentro do velho apenas *escovas agulhas aparelhos de tração*. Um telefone com fio cheio de cobre. Uma orelha. Um bisturi ensanguentado. Às vezes o velho estava com o uniforme dos trabalhadores mortos. Às vezes Ele era um daqueles trabalhadores, ou era d'Ele uma das ossadas encontradas na fossa antes que a explosão as reduzisse a pó.

Às vezes gemia dormindo, ou balbuciava palavras numa língua que Ela não conseguia decifrar. Ela o sacudia. Ele acordava suando, com pontadas no peito, achando que ia enfartar.

O coração era um músculo que se esgotava.

Acusou-a de ter enchido sua cabeça de pesadelos cirúrgicos. Você e os seus, os viciados no corpo, ouviu-o dizer enquanto puxava os lençóis de lado e dava um murro na parede que Ela sentiu que a sacudia. Como se você não trabalhasse com corpos piores, *amordaçados quebrados dissolvidos em ácido capazes de explodir*. Não precisava lhe lembrar os cadáveres minados da última fossa. Os estilhaços daqueles ossos incrustados em seu rosto, sua orelha cortada, seu ouvido estourado, seu rosto salpicado com o sangue dos trabalhadores que lhe serviram de escudo. É um milagre você estar vivo, esbravejou Ela, que só se dedicava a inofensivas estrelas mortas.

—

Sempre tinha sido irascível, mas depois da explosão estava mais azedo ainda.

—

O Pai emitia juízos depreciativos sobre essa profissão que não diagnosticava nem curava nem tinha intenção de fazer nada disso. Opinava que esse rapaz forense só intervinha quando já era tarde demais e apenas para constatar datas de falecimento com carbono 14. Em vez de chamá-lo pelo nome o Pai perguntava por esse rapaz, ou por esse historiador, ou esse aí dos ossos. Só quando foi internado com urgência se fez merecedor do respeito paterno. Perguntou por cada uma das suas contusões e se espantou por não ter fraturado um único osso. O Pai devia estar pensando que esse mesmo incidente teria pulverizado o Primogênito.

Ela, que no hospital admirara a projeção luminosa do seu esqueleto, podia garantir que Ele estava impregnado de radiação, mas inteiro.

—

A única irmã d'Ele estava morrendo, como todos, desde a infância, e continuava a fazer anos, como tantos, a cada abril.

Enquanto Ele estava de licença ela lhe telefonou todos os dias. O número da sua irmã solteira cintilando no visor, o telefone perfurando o silêncio, mas como Ele raras vezes o escutava tocar, era Ela que atendia. Ele lançava um cumprimento audível destinado a atravessar o largo país que os separava. Erguia a voz a tal ponto que Ela podia sentir as ondas expansivas da conversa mesmo de porta fechada.

Como conseguiam se entender, Ela se perguntava, se em vez de alternar as frases os dois as solapavam aumentando os decibéis.

Você vai me deixar surda, Ela disse irritada, com seu computador aberto embaixo do braço.

Péssima ideia falar em surdez. Quem tinha perdido a audição era Ele.

—

O radiador acumulando vapor e chiando baixinho na sala e o apito distante dos trens que atravessam o horizonte noturno do presente. E as ambulâncias, as buzinas, o tambor dos motores próximos. Acordava sabendo a hora exata, e quando errava era só por uns minutos.

Estava dormindo tão pouco. Você não pode continuar assim, disse Ela, que desde pequena se deitava na sacada para contar estrelas quando não conseguia conciliar o sono. Tome alguma coisa.

Ele não tomava nada, porque até essa decisão era um esforço.

—

Você vai voltar a essa fossa?, Ela perguntou. Você faria o mesmo, Ele respondeu coçando uma crosta na testa até arrancá-la e depositá-la em sua mão estendida.

—

A explosão ficou dentro do seu ouvido.

Ficam dentro dele aqueles trabalhadores tombados com talhadeiras, picaretas, raspadeiras, pás e relógios parados no pulso.

Está vendo todos eles agachados na fossa quando já não vê nada além de poeira, pedras, asas de abelhas despedaçadas, pedacinhos de carne pulverizados na fumaça: um incêndio no ar. E fagulhas efêmeras chovendo sobre Ele, queimando seu cabelo, salpicando a pele, ulcerando sua roupa. Um barulho infernal e urina e sangue que vai se misturando ao barro. Há gente correndo tão rápido em volta dele e nuvens avançando com tamanha lentidão, em tamanho silêncio, que Ele acha que está morto ou paralisado ou abandonado à própria sorte e fecha os olhos até que o rodeia um suor acre e deduz que o pegaram entre vários e enfiaram no táxi que velozmente o levará.

O taxista o vigia pelo espelho retrovisor e fala com Ele para evitar que adormeça: essa é a missão que lhe confiaram, pela qual lhe pagaram o triplo do que custaria levar um homem ileso até o hospital. Sem saber que não pode ouvi-lo, o taxista resolve chamar sua atenção contando-lhe uma distração sua que poderia ter sido fatal. Apliquei duas vezes a injeção de insulina, porque, escute, não durma que agora vem a melhor parte, tomei uma overdose que me deixou louco, um choque elétrico na cabeça, e se não morri foi por milagre, escute, agora está gritando, e ainda bem que não estava dirigindo, escute, escute, e para num sinal fechado e o sacode com uma mão porque Ele já está fechando os olhos.

—

Os enfermeiros que o tiraram do táxi gesticulavam com *dedos cotovelos mandíbulas frenéticas* e lhe falavam com vozes defasadas.

A voz estranha que foi a voz d'Ela quando apareceu como um sopro no hospital.

—

Iluminado pelo otoscópio, o tímpano perfurado era um planeta ferido por um asteroide.

—

Retrato futurista na unidade de terapia intensiva. Ele estava alerta, consciente, situado mas aturdido. A explosão podia tê-lo matado mas está vivo, vivo, cochilando, suas pálpebras fechadas se movem em câmera lenta ou talvez sejam seus olhos que se movem como vermes por baixo. Ela quer lhe dar um único beijo na sobrancelha porque o rosto d'Ele é todo queimaduras e ataduras angulosas. Um rosto em duas dimensões. Ela sobrevoa com a boca a ponta de um nariz áspero mas são muitos os seus narizes agora. Ele é cinco corpos, oito idades, seis olhos intumescidos, quinze pares de lábios cortados.

Tenta lhe dizer algo para resgatá-lo do zumbido comatoso da sua respiração. Pisca tão devagar, tão deliberadamente, como se seus olhos doessem. Positivo, chama-o sussurrando. Posi, repete erguendo o tom, Pósitron, você está aí? Faça um gesto. Vê uma língua aparecer pela chaga que é sua boca, molha um dedo com saliva, Ela, e o põe nos lábios d'Ele para que saiba que Ela está aí. E se aproxima mais e lhe diz com angústia que a fossa estourou, que todos os outros estão mortos.

Ele estava tentando decifrar suas palavras mas havia ruído em sua cabeça e de toda a frase só conseguiu discernir o final porque estava em seu idioma, o que Ela disse sobre o *big bang*.

—

Volta ao apartamento compartilhado sem a vizinhança viva do seu corpo. A sala vazia. As cadeiras vazias. A geladeira vazia. Os pratos sujos. A cama por fazer. Se joga sobre os lençóis e digita o número do passado para contar ao seu Pai, para consultá-lo.

Papai?, diz quase sem dizer, papai, papai, porque não consegue emitir mais que palavras truncadas que se perdem na orelha do seu Pai.

—

Palavras desbarrancando-se por seu ouvido: o otorrino não lhe avisou ou talvez tenha avisado mas Ele não registrou que podia surgir um silvo quando começasse a recuperar a audição. O ruído cotidiano amortecia esse fio sonoro contínuo, mas seu volume parecia amplificado no silêncio da tarde. O silvo o enchia de insônia.

E havia pessoas que perdiam a razão com esse apito incrustado na cabeça. Pessoas que se suicidavam para recuperar o silêncio.

—

Agora estava girando no dedo aquele anel que não representava nenhum compromisso. Rolando até o congresso onde Ela o vira de perfil e de frente e o imaginara *encanecido enrugado encurvado sobre uma bengala*. Desejou se encolher com Ele. Ir gastando com Ele cada uma das suas vértebras. Ter sentido isso lhe abria agora um buraco no estômago.

—

Vão correndo por um aeroporto para não perder a conexão que os levará ao país do passado onde se conheceram. Ela era uma estudante de férias em sua cidade, Ele era um forense convidado para dar uma palestra magistral sobre a identificação de ossadas tão comuns no subsolo de países como o seu, transtornado por anos de ditadura. A Amiga, que assistia a todas essas palestras como se fosse seu dever ou seu modo de luto, a convidara para a conferência no recém-inaugurado museu da memória onde Ele, ainda com o cabelo bem preto e abundante, todos os dentes e a arrogância na risada e numa gravata malfeita, falou do tempo capturado no radiocarbono e de como todo ossologista devia sair do laboratório e sujar as mãos nas fossas. Ele mexia as suas ao falar, em seus dedos não havia nenhum anel.

Esse país do passado estava minado de fossas ainda por descobrir.

A cidade do presente agora encontrava as suas próprias. Centenas de cemitérios clandestinos cheios de cadáveres anônimos que todos sabiam a quem pertenciam.

Migrantes atravessando fronteiras ou tentando, ficando pelo caminho, morrendo congelados ou amordaçados ou asfixiados dentro de caminhões, envoltos em jornais que indicavam a data de falecimento, mulheres trinchadas e crianças perdidas em terras áridas que impediam a desintegração e a passagem do tempo. Ele tinha exumado esses cadáveres nas periferias do presente.

Ele se dedicava a identificar ossos para acabar com a violência. Foi o que lhe disse quando se conheceram. Ela achou que era um esforço heroico.

—

Agora o leva de volta ao passado sem gravata para apresentá-lo à sua família. Ela o puxa e apressa, vamos perder a conexão, mas Ele vai ficando para trás e quando Ela se vira para ver se a segue vê que Ele desapareceu. O avião está prestes a decolar, vai entrando a última comissária, só faltam os dois. E a mulher vestida de vermelho, com um chapeuzinho vermelho e sapatos vermelhos vibrando contra o chão está acenando para Ela. Não sabe o que dizer, como justificar a demora d'Ele. Não há mais ninguém além d'Ela sobre o piso branco do terminal, até que finalmente aparece um pálido Ele. Não estou me sentindo bem, estou meio enjoado, gagueja saindo do banheiro onde esteve trancado nos últimos sete minutos. Ela berra, vão nos deixar em terra. E Ele arrasta os mocassins e as pernas pesadas e estende seu passaporte azul e se perde pela manga de acesso, seguido pela encrespada comissária. Quando mal acabam de se sentar e de afivelar o cinto, Ela percebe que Ele está tremendo de febre e de frio. Cobre-se com sua manta, a d'Ela, mais a do passageiro ao lado, mais duas ou três que outra comissária de vermelho lhe traz. As horas e os anos se esticam como se em vez de se dirigirem ao passado se mudassem para marte. E se Ele ainda treme não é porque as seis mantas não esquentem, mas por causa da desidratação. Não consegue tomar nem um gole de água porque o bota para fora. Vomita tudo o que comeu nesse dia mas tenta abafar o ruído das arcadas que incomodam os passageiros que já estão jantando ao seu redor.

It's just a little gastric unrest, Ele murmura, sacudido pelo vômito.

Seu Pai pensaria em *dengue malária febre amarela carrapatos portadores de chikungunya* ou pensaria em coisa bem pior. Ela não sabia o que pensar.

—

Ele estava convencido de que o frio lhe afetava a digestão e culpava o inverno da cidade, suas neves eternas, o gelo escorregadio camuflado nas calçadas. Ela sabia que o esfriamento não era a causa das suas indigestões assim como não era dos resfriados ou das infecções urinárias.

Sempre teve problemas com a cebola e a deixou como tinha deixado o *pimentão páprica cogumelo couve-flor*. E os legumes. As sardinhas. O pepino. Havia uns biscoitos industrializados que o mandavam direto ao banheiro e teve que descartá-los. Mas nas longas jornadas das fossas Ele comia qualquer veneno que lhe apresentassem. Não fosse ser tachado de pretensioso pelos trabalhadores da escavação, que se deliciavam devorando salame e cebolas cruas enfiados no pão. Ela adorava o alho que o fazia passar mal.

Passando mal o tempo todo. A barriga inchada o tempo todo. Vomitando no avião, alguém diria que estava com dor até no piloro. Suas colegas do colégio sempre soltavam essa frase e morriam de rir e Ela sorria perguntando-se se saberiam, aquelas colegas, onde realmente se encontrava essa dor.

—

Começa a seguir a dieta do cachorro: não comer nada até sarar. Mas o Pai d'Ela tentara essa dieta e o ácido tinha carcomido seu interior até deixá-lo oco. Não houve jeito de convencê-lo de que a magreza que estava conseguindo era perigosa. Ele dizia que tinha perdido a fome. Ela comia pelos dois, resistindo ao seu próprio desaparecimento.

Perder quilos de *gordura músculo nervos cafeína*, perder a vontade de sair da cama. Perder a gargalhada, o eco da sua alegria anterior. Perder a vontade de estar com Ela, de rir com Ela desde que quase perdeu a vida naquela fossa fulminante.

Não vai poder abandonar a investigação daquela fossa que se transformou num escândalo político sem precedentes. Não enquanto sua chefe não voltar. Do seu escritório envia para Ela uma mensagem que acaba de ditar ao seu velho telefone:

Não vai voltar tão cedo, diz que tem 34 dias de congresso. Ela a lê consternada e escreve: *como assim 34?! Um congresso que dura 34 dias?*, mas em seguida chega um novo texto d'Ele, *não vírgula eu disse 4 ponto de exclamação são 4 dias vírgula carbonífera verme.* E depois chega mais outro: *a maldita da chefe ponto esse telefone está surdo ponto de exclamação não sabe interpretar o que falo ponto de exclamação digno de exclamação.*

Você não devia assumir essa fossa, Ela insistiu, nem essa fossa nem esses mortos mesmo na ausência da sua chefe. Ele ergue uns olhos angustiados e cruza um dedo sobre os lábios enquanto observa os muros ao seu redor. As paredes podiam ter ouvidos.

—

Marcas dos pontos costurados em seu rosto. Marca das crostas que Ele arrancou da testa deixando uma cicatriz. Ele está pele e osso. Mas não perdeu o bronzeado daquele sol a pino que o apanhava atravessando tudo, *capacete uniforme filtro*, seus milimétricos fios brancos de antropólogo. Mas há olheiras pronunciadas pelo empenho de apurar quem eram os cúmplices daquele massacre que repetia em sua própria cidade o que acontecia em muitas outras. Quem tinha sabotado a investigação e assassinado parte da sua equipe? Quem tinha destreinado as abelhas usadas em campo para detectar explosivos?, perguntava-se, inapetente.

Ele dirigira aquela operação. Ele acreditava ter implementado uma técnica de rastreamento eficiente, tão discreta quanto um zumbido, pois as abelhas eram mais fáceis de transportar que os cachorros e mais limpas que os ratos e tinham um faro igualmente fino. Não possuíam nariz mas antenas que respondiam a minúsculas moléculas, a sutis vibrações, a variações de temperatura e a oscilações no nível de umidade. E se reconheciam entre si porque carregavam o cheiro das colmeias que habitavam.

Assim como as abelhas eram capazes de detectar um mícron de pólen e recolhê-lo com suas pernas peludas carregadas de estática, podiam também localizar outras partículas presentes no ar. Foram treinadas do mesmo modo que cães e ratos: fazendo com que associassem o cheiro de explosivo com o da água açucarada. Em vez de babar, esticavam a tromba como para sugar o néctar de uma flor. Mas a área da fossa era muito extensa e estava rodeada de jardins que talvez as tenham distraído. Esse tinha sido seu erro.

—

Um erro 404 indica que aquilo que se procura não foi localizado ou não existe. As abelhas estavam perdidas ou não estavam disponíveis, mas existir e não estar à disposição é um erro 410.

—

O clima estava muito quente. Ele vinha recebendo ameaças, anônimos passados por debaixo da porta. Estava arriscando muito mais que uma orelha mas não podia comentar nada disso com Ela, portanto parou de lhe falar.

A fala se localiza no hemisfério esquerdo do cérebro mas o direito não era mudo, tinha algo a dizer sobre o medo.

O estômago se enchia de ácido, era seu jeito de se expressar.

—

Você precisa ver o que é isso, Ela sugeriu sabendo que era a Mãe que falava por sua boca. Tudo já estava dito mas deveria repeti-lo.

Para não vê-lo entortar a cara, Ela lhe mandava mensagens de texto. *Você não vai ao médico?* Ditava a pergunta e esperava o celular transcrever suas palavras mas confiava demais no aparelho ou se distraía e enviava a mensagem sem revisar a frase. Foi errada. *Vai salvar o México.* Ela voltou a ditar, escandindo bem consonantes e vogais, mas foi pior ainda: *Você no vão doméstico.*

Mas Ele nunca marcava a consulta porque sempre chegava tarde ou muito cansado e desmaiava na poltrona. Com os olhos inchados de sono.

—

O carbono 14 se desintegra muito devagar deixando resíduos que permitem ler o tempo nos ossos. Ele desfia essa explicação vendo-a devorar um ensopado de *locos* com uma bebida carbonatada. Como se Ela não conhecesse as propriedades radiométricas desse isótopo. Como se não soubesse que no interior dos seus átomos há seis prótons e oito nêutrons carregados de energia nuclear, mais seis elétrons em órbita. Como se não tivesse conhecimento de que sua lenta destruição permite medir, em qualquer material, o tempo que Ela um dia sonhou reformular.

—

Etimologicamente um átomo é indivisível, mas na ciência um átomo sempre podia rebentar. Devia explodir para dar origem a algo novo.

Um antigo cosmólogo conjeturou que depois do big bang devem ter ocorrido outras explosões menores que geraram infinitos universos de bolso espalhados pelo espaço. Uns vazios e outros saturados de matéria, uns eternos, outros efêmeros, outros que se expandiram rápido demais violando as leis humanas da física. Mas por que seriam tão diferentes?, Ela pensava, por que só os humanos tinham a sorte de viver num espaço especialmente desenhado para eles? Esse espaço, este planeta, que os humanos pareciam empenhados em destruir.

A vida sobre a terra era composta de 82% de vegetais, treze por cento de bactérias e dentro dos cinco por cento restantes estava todo o resto. Desse resto, apenas 0,01% era humano.

E no entanto, esse 0,01% estava acabando com as outras espécies. Estava acabando até consigo mesmo.

—

O impacto da explosão se espalhara por todo o seu corpo em pequenos ferimentos que o destruíam por dentro.

—

O senhor tem temperamento nervoso? O doutor descia por sua lista de perguntas mantendo um olho na testa d'Ele, atravessada por uma cicatriz, no rosto ainda ferido, na orelha cortada. Nervoso?, Ele disse. Não especialmente.

Estou vendo que o senhor e eu, diz o gastroenterologista lendo a ficha através dos seus óculos e olhando para Ele por cima da grossa armação. Que o senhor e eu, repete, abrindo um sorriso avassalador, suas faces gordas apertando as pálpebras por baixo. O senhor e eu. Recomeça o doutor de golpes astutos de vista, porque continua procurando a continuação da frase em meio à infinidade que ele guarda em seu arquivo cerebral. Uma frase que não pareça feita de antemão. Uma que não pareça usada com outros pacientes. E é esta que ele encontra: Nós dois, o senhor e eu, estudamos as profundezas. O senhor procura restos de ossos embaixo da terra e eu, nas cavidades, os restos causadores do seu mal-estar. É a comida, arrisca Ele. É a acidez, a úlcera prestes a sangrar, insiste Ela, que está lá para traduzir o que o gastroenterologista lhe disser mas Ele lança um olhar furioso em sua direção, e Ela se cala. O trabalho tem sido muito pesado, Ele diz, e Ela volta a interrompê-los, seu trabalho quase o mata. Agora Ele lhe aperta a mão que está segurando e Ela sufoca um gemido. Ele pigarreia. O médico levanta as sobrancelhas, arregala os olhos puxados e pisca rápido como se pensasse que algo está acontecendo entre o casal mas ele não sabe o que é, e não sabe o que responder. Ou talvez seu piscar compulsivo seja apenas um tique nervoso, a prova visual de que está escondendo alguma coisa ou de que só terá alguma coisa a dizer quando observar o aparelho digestivo do seu paciente por dentro.

—

Retrato falado. Lábios que cobrem *dentes faringe traqueia entranhas*. Separado pela epiglote, o esôfago até o esfíncter superior do estômago, a incisão da cárdia, a angular e o orifício inferior que regula a passagem para o estreito duodeno e o grosso cólon seguido pelo último dos esfíncteres, o ânus.

—

Ideia para um final. O rapaz filósofo se negava a penetrar suas cavidades mais escuras. Ficaria para sempre convencido de que Ela o abandonara por sua falta de ousadia. Esse rapaz não era bom para você, assegurou sua Mãe contente sem saber por quê.

Houve outros que não eram bons mas conseguiram se esquivar do radar materno.

Quando se conheceram, Ela precisou lhe contar dos descartes recorrentes da Mãe. Contar tudo a Ele antes de apresentá-los. Iam saindo da alfândega, Ele exausto pela febre, desfalecido de cansaço, ansiando cair numa cama depois da viagem. Agora que chegamos você me diz isso?, e sua pergunta crepitou no ar, as sobrancelhas eriçadas de desgosto. Eram outros tempos, Ela disse angustiada. Era outra existência, a minha, outros medos os dela como Mãe substituta. Não era preciso defender aquela Mãe que não era geneticamente sua, mas Ela a defendia para se salvar do julgamento que Ele devia estar fazendo das duas. Com a boca ainda torta, Ele a fez jurar que nunca, nem morta, contaria à Mãe qual era seu defeito.

Deixar cair verdades em buracos negros.

—

É um gesto reflexo: Ele levanta a mão para acariciar seu rosto e Ela recua. Não consegue evitar, seu corpo aprendeu a detectar a proximidade de um golpe. Nunca relei um dedo em você, Ele diz ofendido, gritando como se ainda estivesse surdo.

Golpes não, sapatadas contra as paredes, muito perto do seu rosto quando perde a cabeça. Só quando o sapato se aproxima demais d'Ela é que o atira no chão e se tranca no quarto.

Ele se dedicava a identificar ossos para se livrar da violência. Isso, longe de assustá-la ou afastá-la, brilhou em sua mente por alguns segundos. Demoraria a entender que Ele se referia à sua própria violência.

—

Falou com seus alunos da tarde, naquela escola que era só de homens, sobre a violência das galáxias que se canibalizavam deixando apenas ruínas. A via láctea tinha uma galáxia irmã que encontrou um final inesperado ao ser devorada por andrômeda. Restaram apenas migalhas da galáxia anterior, disse, capturando a atenção dos alunos.

—

No fim do semestre seu tímido professor de termodinâmica lhe deu uma carona até sua casa e no caminho foi descrevendo o clister que se aplicava todos os dias. Ela até hoje se perguntava se explicar seus métodos de higiene era um modo de cortejá-la.

—

Se tivesse estudado a tabela periódica pendurada na sala de aula dos seus quinze anos. Se em vez de inscrever os elementos químicos com um alfinete nas faces hexagonais do lápis ou no tubo da caneta. Se não tivesse colado nas provas. Mas como é que Ela ia saber na época que cada elemento correspondia a uma solução da equação da mecânica quântica?

Sabia que o buraquinho lateral das esferográficas é para igualar a pressão interna e externa? Sabia que acrescentaram um buraco na tampa para evitar que a pessoa sufoque se a engolir? Ele a olha horrorizado.

—

Imaginou que Ele preferiria não saber da novidade, por isso ligou para seu Pai para lhe falar da câmera do tamanho de uma pílula que logo mais substituiria todos esses exames terminados em oscopia. O artigo não informava se a câmera, depois de completar sua viagem intestinal, seria reutilizada.

E falou com o Pai de um asteroide extraordinário que não apenas continha o material mais primitivo do universo como era completamente *preto retinto carvão* cheio de aminoácidos. E como eles sabem se não era mesmo de carvão?, perguntou o Pai, e Ela respondeu que tinham submetido o asteroide a uma espectroscopia.

—

Juntos leem as instruções e esclarecem as dúvidas de como se preparar para esse duplo exame que o especialista em cavidades vai realizar n'Ele. *Colonoscopy*, por baixo. *Endoscopy*, por cima. Juntos entendem que não é *copy* de cópia e sim de *scopy*, exame visual.

E Ela se pergunta se o *defeito afronta impropério sapato* d'Ele apareceria no exame, se seria revelado ou permaneceria para sempre em segredo.

As instruções coladas no frasco daquela beberagem esbranquiçada anunciam que a evacuação não será um processo nem breve nem leve mas que, seguindo-as ao pé da letra, o intestino ficará impecável para observação. Parece serviço de encanamento, Ela comenta com um sorriso impertinente. De arqueologia, Ele responde enquanto limpa seus óculos meticulosamente.

—

Sua preparação consiste em puxar pela memória as tortuosas intervenções do passado.

A vez em que o amarraram numa maca e lhe seguraram a cabeça com seis mãos enquanto o cirurgião introduzia uma longa agulha de anestesia pela fossa do seu nariz afilado. Seu corpo se retesando como se lhe aplicassem uma descarga elétrica. Seus lábios crispados numa careta. Seu rosto contorcido. As lágrimas laterais que derramou sobre os dedos enluvados de quem continuava a segurá-lo. O recorte da protuberância que crescera lá dentro. O cheiro de carne queimada.

Pior tinha sido a operação da hérnia inguinal: subir cinco andares com o corte recém-suturado e desabar na cama. A fisgada aguda quando se sentava na privada e fazia força. Alta pontuação na escala da dor extrema.

Mas muito pior foi a extração gratuita dos quatro dentes do siso incrustados na gengiva. Alguém lhe oferecera participar de um experimento duplo-cego, um analgésico e um placebo. Cinquenta por cento de chances de sair ileso. Não teve alternativa: não podia pagar pela cirurgia com anestesia e aceitou que o despojassem dos seus molares, o leve rangido a cada investida, os algodões nas gengivas. E observaram suas reações sem perceber que lhe tocara o placebo porque Ele havia assinado um documento em que se comprometia a suportar um pouco de dor. Mas não sabia ao certo quanto era um pouco, e Ele era um homem de palavra.

Repetir cem vezes a palavra dor.

Repetir cem vezes: suportar sem dar um pio.

Dezessete é a dolorosa média de todas as intervenções que vem acumulando em seu curriculum. Se tivesse que voltar àquelas salas de martírio cravaria 64 na escala do medo.

—

Tinha abandonado aquela dentista que lhe pedia que aguentasse *just a little bit more* antes de aplicar a anestesia. Com a boca escancarada e um motor zumbindo dentro, Ele não tinha como se defender. A partir de então passou a escovar os dentes com afinco, até sangrar as gengivas, e encaixava o fio dental entre os molares como quem faz um haraquiri. Dali em diante, pensou, não voltaria a abrir a boca para mais ninguém.

O dentista seguinte foi Ela quem recomendou e não foi bem uma recomendação mas a garantia de que seria anestesiado sem a necessidade de implorar. Esse dentista agora observa o molar aumentado sobre a tela. Tem alguma coisa aqui que não me agrada, diz o especialista comparando a raiz inflamada com a que não está. Com um minúsculo martelo metálico de metal dá umas batidinhas sobre cada dente e lhe pergunta se nota alguma diferença. Ele não sente nenhuma. Não sabe. Não responde.

Esse mesmo dentista mostrara a Ela, na tela, o nervo infectado do seu dente e uma raiz curvada em noventa graus que seria difícil de alcançar, mesmo com instrumentos finos e movimentos de kung fu. Nunca vira nada igual, exclamou através da sua máscara. Uma variação anatômica dessas. Podia ficar viva e moribunda, e se referia à raiz torta mas também à proprietária do dente que era Ela. Viva mas moribunda. E lhe pediu autorização para utilizar suas fotos em algum congresso odontológico. Encharcou-a de anestesia e enquanto suas gengivas perdiam sensibilidade o dentista quis saber o que o dentista anterior havia feito com o enroscado ângulo daquela raiz que continuava viva. Aplicou arsênico para matar o nervo, Ela balbuciou sentindo a língua inchar e a voz engrolar. Arsênico? O dentista do presente ignorava essas velhas práticas. E como foi com o arsênico? Ela descreveu uma mandíbula atravessada por chicotadas elétricas.

E pensar que os Gêmeos dormiam, roncavam, riam de boca aberta na cadeira do dentista. Eram imunes ao barulho das brocas e a sua tortura.

—

Não duvidou da sua colega, a professora de matemática, quando durante um intervalo lhe contou quantos dentistas tivera que pagar para se livrar de uma dor de dente. Os raios x não revelavam nenhuma alteração e três dentistas sucessivos lhe disseram que a sensação logo passaria. Se a imagem não mostrava a dor era porque não existia. Ela é que cerrava muito os dentes, estavam muito gastos. Receitaram relaxantes musculares que a impediam de articular suas queixas. Enfiaram em sua boca uma massa nauseabunda para fazer um molde da dentadura e uma placa de mordida que também não adiantou. O quarto dentista a mandou ao psiquiatra, mas sua colega não desistiu: seu caso não era nem somático nem psiquiátrico e estava roendo sua gengiva. Tomada pela extrema realidade da sua dor, exigiu ao enésimo dentista que lhe arrancasse o dente. Este se soltou sem esforço: suas raízes estavam podres, e podre, a parte de mandíbula que foi para o lixo junto com o dente.

Foi a Mãe ou o Pai quem disse que só depois de descartar as causas físicas é que se podia aventurar uma causa de outra ordem? Foi sua Mãe quem a advertiu de que os médicos costumam desconfiar da dor das mulheres? Que muitas morriam porque um médico as mandava de volta para casa sem examiná-las? E qual deles assegurou que havia uma alta porcentagem de pessoas saudáveis em cada sala de espera insistindo em que estavam doentes? Podiam se queixar até esgotar os médicos que agora não tinham mais como ignorá-las porque os pacientes podiam processá-los.

—

História da hipocondria. Na Antiguidade era uma área *abaixo* ou *hipo* da cartilagem das costelas ou *condria*, uma desordem digestiva do *fígado baço nervosa vesícula biliar*. Séculos depois a mesma hipocondria foi usada para descrever um distúrbio melancólico marcado pela indigestão e moléstias estomacais difíceis de precisar.

Foi seu Pai quem lhe disse que as pessoas estudadas não fazem mais que se queixar e que na pobreza, ao contrário, se aguenta mais, muito mais, ou talvez se sinta menos. Disse também que o melhor remédio podia ser a distração, mas esse remédio pode ser fatal quando se ignoravam todos os sinais. Porque a dor é a consciência de estar vivo. É preciso estar meio morto ou meio surdo para descansar do corpo.

—

Pergunta se Ele guardava os dentes que suas gengivas tinham perdido ao longo da vida. Ele lhe devolve um olhar de interrogação. Só guardava dentes dos cadáveres que devia identificar. Mas Ela colecionava os próprios, que tinham caído ou que lhe extraíram, os muitos dentes cariados, para ver o que acontecia com eles depois, e os moldes da sua mandíbula feitos pelo ortodontista da clínica aonde sua Mãe a levava para acertar aquele sorriso torto que nunca se alinhou. O ortodontista enfiava os dedos desenluvados em sua boca, encaixava os ferrinhos e apertava os parafusos na dentadura e Ela sentia que aquele fio de metal se estendia por seus ossos e terminava enrolado na espinha dorsal.

Por vários dias não conseguia mastigar.

—

Agora observava a comida esfriar no prato d'Ele. Seu garfo ciscando o arroz que não levava à boca. No que você está pensando, Posi?, Ela perguntou tentando ser amável. Está na fossa? Apoiou os talheres na mesa. *I've this gut feeling I can't get rid of*, Ele respondeu, e acendeu aquele cigarro que era seu único alimento.

A inteligência intuitiva do seu estômago lhe dizia que o governo estava acobertando as organizações extremistas envolvidas no caso das fossas.

Seu *gut feeling* me assusta, e me assusta sua acidez, seu inchaço, e mais do que tudo me assusta essa gente, insistiu vendo que o rosto d'Ele perdia a cor. Ele fechou os olhos e permaneceu em silêncio. Você está arriscando o pescoço: essa certeza inabalável agora provinha das suas entranhas.

—

A psiquiatria percebera que o corpo possui um sistema nervoso alternativo: as drogas usadas para consertar cérebros desarrumados surtiam efeitos adversos no aparelho digestivo. O gastroenterologista que o olharia por dentro explicara que a barriga tinha seu próprio cérebro, e, fazendo um esforço, ergueu as pálpebras e eles viram abrir-se seus olhos lacerantes enquanto dizia que o cérebro das entranhas tinha tantos neurorreceptores e neurotransmissores quanto o cérebro da cabeça.

—

Uma cabana isolada num despovoado esplêndido, com lago violeta e falcões sobrevoando o ar suculento da tarde. Está escurecendo, os dois embalados pelo sopro morno das estrelas. Descansando a cabeça sobre sua barriga peluda, Ela contempla as luzes hostis do firmamento vindas de uma era arcaica. E pensando que Ele está acordado, aponta, do oscilante balanço, para uma estrela muito brilhante que antigamente se pensava que era uma mas eram duas. Uma estrela binária, disse, alfa centauri, que na verdade são três estrelas, há uma terceira muito pequena e próxima que não se enxerga a olho nu. Belo tema para uma tese, não? Mas Ele não está escutando, Ele endireita o corpo com a cabeça entre as mãos como se alguém gritasse em seus ouvidos. O assovio voltou? Ele sacode a cabeça, não, não, o assovio continua aí soprando baixinho, agora é uma dor de cabeça muito forte, e afunda o rosto no peito com o cabelo entre os dedos. Quer que eu traga alguma coisa?, Ela pergunta já sentada, já com a atenção desperta, pensando que deve ser uma crise de hipertensão e revisando mentalmente a lista de remédios que trouxe na farmácia ambulante da sua mochila. Refaz o caminho de terra sem *lua socorro sapos coaxando* e lembra-se de que a conexão do celular costuma cair nesses ermos aonde eles foram descansar de trabalhadores assassinados e assassinos, de vizinhos em festa a cada fim de semana.

Esse por fim sós poderia ser um final a sós, Ela pensa tentando não pensar tanto, o tempo todo, mas mesmo que desligue a cabeça continuam lá suas tripas *neurastênicas neuróticas vísceras*.

Sua mente nunca ficava quieta. Nenhuma mente fica.

—

E foi pior recordar aquele tio que Ela não conheceu, aquele que acordou a mulher reclamando de uma enxaqueca insuportável e se levantou em busca de um analgésico mas nem teve tempo de encontrá-lo.

Mas uma forte dor de cabeça nem sempre é um aneurisma, Ela diz a si própria.

Repetir cem vezes nem sempre, nem sempre.

—

Em vez de pensar em tanta desgraça, por que você não se concentra em sua tese?

O que você fez o dia inteiro? Essa era mais uma das suas perguntas ácidas. Ela sabia que Ele sabia que se distraía pensando em outras coisas. Ela se fingia de surda.

—

Terríveis dores de cabeça que todos já achavam normais. Era tão comum o namorado do seu amigo cancelar sua ida à discoteca por causa de uma enxaqueca repentina, que os dois iam sozinhos, Ela e aquele amigo que ainda trabalhava como ator. Ninguém podia imaginar que o namorado sofreria um derrame, que deveriam trepanar seu cérebro para drenar o sangue que lhe pressionava a cápsula do crânio. Que pouco depois o encontrariam estirado no pegajoso chão do seu apartamento. Ele se medicava em excesso, depois lhe contaria seu amigo ator então empregado na bilheteria de um teatro. Já não andavam juntos mas se viam de vez em quando, como velhos irmãos.

Ao saber da sua morte, o pai do seu amigo sofreu uma síncope semelhante. Eram homens de artérias frágeis e pressão alta e os ataques de angústia eram especialmente perigosos para eles, disse o Pai d'Ela, como se a tristeza fosse uma função dos órgãos.

—

Os antigos achavam que a tristeza resultava de um alinhamento maligno dos astros.

—

Ele voltara a sonhar com o velho vizinho enterrado semanas atrás ou quem sabe cremado. Abria sua lápide, estava com a boca aberta num grito mudo e Ele entrava por ali, por seu grito, escorregando esôfago abaixo até um estômago cheio de acidez, mas, às cegas naquelas águas turvas, não encontrava o buraco de saída e tropeçava com uns ossos que reconhecia como próprios. Do outro extremo do lençol Ela teve a impressão passageira, adormecida, de que Ele balbuciava uma fieira de palavras que rimavam com *perdão pequei perônio* e pensou que estivesse sonhando com Ela.

—

O Pai costumava contar a história de um operário que foi ao hospital quando ele ainda estava com seus trinta anos. Chegou se queixando. Estou com uma dor aqui no osso do penso, doutor, disse o operário tirando a boina e tocando a têmpora.

Mas os saberes ósseos do seu Pai eram limitados, por mais que teimasse em discutir com Ele sobre ossos. Fazia questão de contradizê-lo. De dar lições sobre perícias forenses. Mas o senhor não é especialista em ossos, contestou Ele um dia, cansado do seu menosprezo. De ossos vivos eu sei muito mais do que você, retrucou o Pai vendo-o levantar-se da mesa com indignação. Ela também se levantou, deixou o Pai sozinho, batucando com as unhas sobre a toalha.

Meu cansaço do seu Pai é por acumulação, disse a Ela, não aguento mais tanta arrogância. É como a alergia, cada vez me incomoda mais. Você está falando igual ao meu Pai, Ela atalhou sorrindo e Ele sorriu resignado. É que seu Pai é contagioso.

—

Você estava gritando, Ela disse outra noite enquanto o sacudia. Ele abriu os olhos como um cego e afastou as mãos d'Ela, ainda sobre seus ombros, saltou da cama, ficou olhando para Ela com horror. Estava estrangulando você, disse, e esfregou as mãos no lençol.

—

Aproximava-se a data da dupla sondagem. Ela se pôs a pensar no que enfiariam entre os lábios e as pernas d'Ele. Pensava no corpo d'Ele, mas acabou recordando o daquele rapaz que nunca chegou a amar.

Retrato íntimo de uma noite fechada. Avisou ao rapaz que iria embora ainda sem ter aonde ir. Apenas se retirou do dormitório que dividiam, esperando partir na manhã seguinte. Entrou no pequeno quarto ao lado e enquanto tirava o vestido e o pendurava numa cadeira, o rapaz forçou a porta e lhe deu um empurrão que a deixou sem ar. Viu-o tirar o cinto e virou a cara para não ver seu corpo tão em cima, ereto, investindo contra Ela sobre o colchonete. Era assim que pretendia dissuadi-la. O rapaz descarregando n'Ela sua ira, insultando-a, mordendo-a, cuspindo em seus olhos. Continuava arremetendo e Ela percebeu que as investidas seriam mais violentas como de fato foram mas sentiu que já não sentia nada, que se desprendia de si mesma e se tornava toda Ela um braço esticado e uma mão que tateava e encontrava, sobre uma mesinha ou numa gaveta ou no chão, um *pau dildo brocha de pintura ressecada*. Possuída por uma força treinada havia séculos e por sua mão cerrada em punho, cravou-lhe aquela vara por trás. Empurrou-a até sentir que aquilo que tinha na mão se perdia lá dentro. Seus dedos estrangulados pelo reto.

Aquele objeto que podia ter sido um garfo ou uma colher de café, uma faca esquecida ao pé da janela.

Porque já antes dessa noite outro rapaz a atacara. Numa curva do passado. Em seu país. Ela saía de uma festa numa madrugada sem lua, equilibrando-se sobre os saltos no calçamento irregular. Estava com dor nos pés, apoiou-se num muro enquanto tirava os sapatos e se perguntava onde teria estacionado seu carro. Enquanto massageava o tornozelo um estranho surgiu do nada e a empurrou contra a trepadeira, sem falar com Ela, sem ameaçá-la, respirando agitado ao seu ouvido como se estivesse mais assustado que Ela embora não fosse medo o que ele tinha. Apertou-lhe o pescoço e a cara contra o muro *caramujos esmagados baba quente*. Entre suas coxas se multiplicaram dedos ásperos que lhe rasgaram a roupa de baixo, que se enfiaram nela como minhocas gosmentas, que lhe taparam o nariz para que abrisse a boca. Dedos que invadiram suas mandíbulas *abertas secas cheias de lábios*, que lhe amordaçaram o grito com a própria calcinha enquanto o desconhecido fincava seu corpo por trás.

—

Se tivesse encontrado uma colher. Umas tesouras bem afiadas. Uma faca para assassinar aquela lembrança. Mas havia momentos que nenhum instrumento era capaz de destruir.

Tampouco existiam instrumentos capazes de destruir a ira do seu irmão mais velho.

—

Refugiar-se em discotecas cheias de homens que só *procuram beijam castigam* outros homens.

De madrugada, todos já cansados de dançar, seu amigo ator as leva para casa em seu pequeno bólido vermelho. Atravessam a cidade. O namorado dele vai de copiloto e no banco de trás Ela se apoia no ombro da Amiga que acaba de se tornar médica. Passam velozes por um cruzamento salpicado de cacos de vidro. Três carros que acabam de bater em cima das calçadas. Pare, pare, berra a Amiga especialista em urgências. E o carro freia e as duas voltam correndo até o local do acidente.

No carro ficam eles, aqueles homens sem mulheres.

Luzes vermelhas iluminando a rua com sua intermitência.

E ouvem o ulular de uma voz. O homem da caminhonete urra por causa do tornozelo mas a Amiga das urgências segue ao largo. A dor não é uma prioridade, diz sem ar, a dor é vida, é consciência e possível recuperação. Há um velho que está se levantando cambaleante, e a Amiga que passa ao seu lado ordena que se deite sobre o pavimento. A esquina começa a se encher de vizinhos desgrenhados, acordada pelo estrondo, e Ela, mais acordada e expedita que todos, colabora com a Amiga ordenando-lhes com uma autoridade desconhecida que deixem a calçada desimpedida, que chamem uma ambulância, que tragam uma lanterna para a médica que está cuidando dos feridos. E que os homens tratem de retirar os que ainda estão dentro desses carros amassados. Segurem as cabeças e que os pescoços não se dobrem, a fragilidade da espinha dorsal.

O protocolo consiste em encontrar os feridos. Verificar seus sinais vitais resumidos a duas ou três palavras. Alerta. Consciente. Reagindo. Porque um par de olhos abertos não garante nada. Porque a respiração pouco significa. Que dia é hoje. Que ano. Que mês. Quem é o presidente. E se responderem corretamente deve-se descartá-los *ipso facto* e procurar os que não conseguirem responder, aqueles que, estando em risco, ainda possam ser salvos.

Descartar os que ainda podem se queixar e rastrear os acidentados sem prognóstico, os casos irreversíveis.

A moça estava presa nas ferragens e foi preciso retirá-la sem danificar a medula que já estava rompida. Deitá-la sobre o pavimento, desabotoar sua calça. Medir seus sinais neurológicos.

Em suas pupilas dilatadas brilhava a luz vermelha distante e a luz branca, próxima, demolidora, da lanterna que a Amiga acendeu para verificar se as pupilas respondiam. Cravou o nó de um dedo entre seus peitos e o girou para causar dor. Porque um ferido vivo, mesmo inconsciente, tentaria repelir essa pontada dolorosa. A moça mal encolheu os cotovelos e, em vez de se proteger, afastou as mãos cerradas como uma boneca a pilha.

E aquela cabeça ligada ao corpo como por uma mola, em permanente movimento.

Aquele resfolegar *rouco gutural nota dissonante*, aquele arquejo de brânquias estreitas. Respiração faríngea, portanto errada, porque a viva é a da laringe, diria sua Amiga a anos-luz daquela noite clara. Então decretou que a moça já não tinha volta. Morta?, Ela balbuciou desconcertada, mas se ainda respira. Respira de forma arrítmica, emendou a Amiga, são os estertores da morte cerebral.

O Pai, que tinha sido seu professor de medicina interna, confirmaria o diagnóstico da sua Amiga.

—

A Amiga pediu para passar a noite com Ela. Suas colegas de quarto tinham viajado para a praia e ela estava com medo de chegar em casa sozinha, de pôr sozinha a chave na fechadura e apalpar a parede à procura do interruptor. Nunca superara o medo do escuro daquele armário onde sua avó a obrigava a se esconder quando a polícia revistava a casa em busca dos seus pais. Lá dentro não podia ver aqueles homens que repetiam sempre a mesma coisa, onde eles estão?, onde você os enfiou?, como se a avó tivesse engolido o casal, como se a avó não se perguntasse a mesma coisa, como se não quisesse perguntar o mesmo para eles, desembuche velha puta que vamos cortar sua língua por acobertadora, e sacudiam e chutavam a avó até deixá-la desacordada.

—

Ele engoliu meio lavador intestinal que logo em seguida começou a fazer seu trabalho de limpeza de encanamentos. Os dois padeceram o vendaval excrementício. Ele ia se esvaziando, Ela fitava o vazio distraindo o pensamento.

—

E embora já clareasse quando as deixaram no apartamento onde Ela morava, não conseguiram conciliar o sono. Tinham se enfiado na cama com um chá de camomila para assentar a desgraça da moça morta. Ouviram passos sobre o telhado. Alguém estava andando por cima da cabeça delas e era mais de um. E a sacada era longa e estreita e os fechos das portas-balcão estavam emperrados. A Amiga pegou um facão de carne na gaveta da cozinha e Ela, tão temerosa dos passos quanto do gume metálico, ligou para a delegacia. E apareceu um carabineiro com ar risonho que foi logo perguntando as senhoritas estão bem altinhas, não? Cale a boca, Ela devolveu, como se falasse com uma criança impertinente. Escute. Eram de novo os passos pesando sobre o telhado. E o carabineiro pediu reforços que chegaram imediatamente, e subiram todos ao telhado mas não havia ninguém. E sorriram, e as duas continuavam de camisola, e Ela voltou a pedir que baixassem a voz e ouvissem, todos juntos, no silêncio que se seguiu, as rangentes pegadas daqueles corpos que não estavam lá.

—

Um corpo sempre está em algum lugar, Ele comenta juntando as sobrancelhas.

Isso não era verdade. Um corpo pode sumir como fumaça, Ela pensa com ódio de todos aqueles professores que pararam de responder às mensagens que lhes mandava pedindo ajuda em sua tese. Foram evaporando um por um.

—

Já não é segredo de Estado que os cadáveres pertencem a imigrantes recentes e que não são os únicos: há outros na escavação para alicerçar um prédio e numa fossa à beira do rio com *estacas suásticas facas faixas* proclamando a morte dos imigrantes. Merda, Ele diz retorcendo-se de fisgadas, *it's happening before our eyes! Breaking news!* E embora já tivesse tomado metade do líquido e mal saísse do banheiro, decidiu adiar o exame. Não podia se ausentar todo o dia seguinte com sua chefe ainda ausente.

—

Ele abriu uma garrafa de vinho e serviu duas taças. Pediu que se sentasse, queria lhe dizer uma coisa. Ela ajeitou os cabelos e as sobrancelhas com os dedos e sentou-se sem saber como olhar para Ele temendo que a agredisse. Sou toda ouvidos, disse, sem se atrever a tomar o vinho. Por que não vamos embora?, Ele perguntou. Para onde?, Ela respondeu já entendendo sua sugestão, que fossem juntos para o país do passado, e perguntou de volta, para viver lá? Não seria para morrer, Ele devolveu com um sorriso mal-humorado. Este país está acabado e vai acabar conosco. Ela o olhou com espanto: eu não tenho nenhum futuro em meu país do passado.

Mas disso também não tinha certeza.

A única certeza é que Ela começava a duvidar.

—

Viajou à capital, Ele, e Ela ficou trabalhando mais em suas aulas que na pesquisa para sua tese. Continuava perdendo tempo *humano onírico cósmico* mas se perguntava, para se eximir da sua tarefa, quem poderia se dedicar a abstrações astrais com aquelas notícias aterradoras ao redor. Todas as vítimas eram, como Ela, imigrantes.

—

Continuava sozinha no apartamento e em seus escritos quando tocou o interfone: era um forense da equipe que morava no bairro. Não reconheceu sua voz e pensou que estava bêbado, mas vinha pedir um calmante, o mais potente que Ela pudesse ter em sua caixa de remédios. Mencionou o estojo de primeiros socorros, e Ela percebeu que Ele o descrevera a seu círculo mais próximo. Que mais teria contado? E sem conhecê-lo disse que podia subir e esperou na soleira por aquele forense que se apresentou com um nome e um sobrenome incompreensíveis. Entre, disse, vendo que apertava a mandíbula barbada com uma das mãos. O dentista tinha obturado um dente e fraturado outro, mas o forense só descobriu o estrago quando a anestesia já se dissipara e o dentista fechara o consultório. A dor era indescritível: mal conseguia abrir a boca. Ela ligou para a Mãe para lhe perguntar se tinha posto na caixa algum analgésico extraordinário. Claro, disse a Mãe animada. Uma ampola de dipirona, bastava injetar um grama no forense. Mas essa injeção não seria como as vacinas que Ela mesma aprendera a aplicar embaixo da pele. Ela teria que picar no glúteo dele. Foi essa a palavra que a Mãe usou com Ela e em seguida Ela usou com o forense estirado na cama do chefe dele. Ordenou que baixasse as calças e as cuecas, e ele obedeceu, entregou-se às suas mãos inexperientes enquanto Ela enchia a seringa e lhe dava umas batidinhas com a unha para tirar as bolhas. Estava dando nele umas palmadas para que relaxasse e não doesse tanto o *martelo hipnótico garfo agulha comprida* porque era o que a Mãe, ainda ao telefone, lhe sugerira. A Mãe ia ditando dividir o glúteo em quatro partes, picar no quadrante superior externo, evitar tocar o íleo e se a agulha tocasse, retroceder. Isso era absurdo, era impossível que tocasse o osso diria o Pai depois, porque a bunda forense era redonda e peluda e adulta e o osso estava muito fundo sob os músculos. Mas Ela não sabia e, temendo tocar seu esqueleto, não se atreveu a forçar a seringa. Encostou a ponta na carne e foi empurrando devagar, dói muito?, ele emitia um gemido difícil de decifrar, dez ou doze?, Ela dizia sabendo que o forense não entendia a pergunta, que não poderia responder, se doer me avise que eu paro, mas disse isso sem intenção de parar, forçando a entrada até que a agulha furou a pele e afundou na carne e Ela pôde injetar o analgésico.

A palavra analgésico, cem vezes seguidas, e o forense subindo as calças amarrotadas como se tivesse dormido a noite inteira com elas no corpo.

Ele voltou do seu último jantar com os congressistas da capital quando o barbudo forense já havia partido deixando lembranças para seu chefe. Ele não queria aquele cargo político que lhe ofereciam, aquele cargo provisório em que deveria baixar a cabeça e concordar ou sofrer as consequências que Ele já estava sofrendo, magro como um palito. Uma pálpebra não parava de tremer. O fio sonoro do seu ouvido o enlouquecia. Estava cheio de ácido depois de uma reunião extremamente tensa e não gostou de ouvir o que Ela lhe contou pensando que acharia graça no episódio. Qualquer dia você vai presa, afirmou terminante, cuspindo saliva. Imagine se meu forense fosse alérgico a isso que você injetou nele e o sujeito morresse aqui, aqui mesmo. No meu tapete. Na minha cama, você disse? Na minha própria cama! Na minha casa, no meu prédio, no meu, no único que é meu, sua voz se tornou sulfúrica e era a Ela que começava a atacar. Estava jogando as almofadas no chão, chutando-as longe, batendo-as inclemente contra as paredes. Apanhou um sapato que se agitou em sua mão enquanto a olhava como um alienado mas se deteve, atirou-o no chão e se enfiou no quarto batendo a porta com fúria.

Voltou a abri-la e saiu pelo corredor para se trancar na cozinha. Como um suicida, bebeu de uma vez todo o líquido que restava no frasco.

—

Preferia que Ele tivesse batido nela. Ao acertá-la Ele aproximaria seu corpo, haveria um contato, acabaria com o silêncio em que mergulharam. Ficar com o punho d'Ele ardendo na cara parecia preferível à sua distância.

—

Lá o convidam a se deitar de lado, afastam sua bata por trás, perguntam se Ele se importaria que uns estudantes de medicina assistissem ao procedimento. Então Ele recorda sua precária vida de doutor, sua vida de residente antes da sua vida presente, e sussurra já quase adormecido que não, que não se importa, porque chega a pensar que se só virem seu cu nunca o reconhecerão de frente.

—

Entrega-se, sem pensar, à observação de um olho neutro.

—

E enquanto espera por Ele na antessala, Ela arranca a tampa do seu frasco de memórias e é golpeada pelo cheiro da aspirina, pela visão das caixas verdes que o Pai distribuía entre parentes e pacientes. Eram as amostras que ganhava por participar de um comercial que recomendava seu uso. O Primogênito dizia não ter o menor interesse em ver o Pai promovendo a ótima circulação do sangue e a hemorragia de mulheres no parto. Ela nunca acreditara que seu Pai pudesse ser o responsável pelo que aconteceu. Na hora em que o país se consagrava às telenovelas, Ela se sentava no sofá ansiando pelos comerciais: naquelas interrupções apareceria o Pai com seu avental imaculado. Com o estetoscópio no pescoço. Com o cabelo penteado com brilhantina e o bigodinho que depois rasparia.

Foi arrancada das lembranças pela enfermeira que passou ao seu lado envolta numa burca branca. Toda olhos delineados, enormes, imponentes que seu Pai não teria visto como inquisitivos ou intimidadores e sim como os olhos de uma mulher que sofria de hipertireoidismo. E se abanou com uma revista na sala de espera até que Ele emergiu do fundo do corredor e foi se aproximando, cambaleante, meio tonto mas já vestido, e se sentou ao lado d'Ela, pousou uma mão em seu joelho e soltou um como vai Eletrônica? Carregada, Ela disse, e você, Posi?, e Ele sorriu com tristeza e Ela soube que ali dentro não deviam ter achado nada além de um excesso de gases inquietos e um ácido perigoso que poderia quem sabe ser aplacado com alguma medicação.

E atrás d'Ele apareceu o indiscreto médico de interiores, já sem luvas, cheirando a lavanda. Seu rosto resplandecia diante da pilha de papéis que depositou entre eles enquanto se sentava. Eram os retratos das suas cavidades internas. O canal do seu ânus rodeado por aquele duplo anel muscular, o engrossamento estriado do reto. Ela o mandara ver o que era aquilo e agora era Ela que o via por dentro em sucessivas cópias coloridas, os *suaves rosados lustrosos meandros* onde seus olhos se perdiam. Era muito poderosa a certeza de reconhecê-lo ali. O lugar por onde penetrava o ar que respirava e surgia vibrando cada palavra, onde se formavam seus gritos. E o médico a distraiu mostrando-lhes *glândulas hemorroidas cravos de cheiro* que eram o assento dos sistemas nervosos simpático, somático e parassimpático. E antipático, Ela pensou, mas esse adjetivo não era para o médico porque aquele especialista era todo gentileza enquanto Ele já não era a pessoa que Ela conhecera. Pensava no ódio, na explosão, no medo, no enigma das ossadas e das vidas que as precederam, era nisso que Ela pensava e talvez Ele pensasse no mesmo, que talvez com o tempo tudo se ajeitasse mas talvez não, porque lá na noite continuavam penduradas as estúpidas estrelas regando de cálcio o universo.

via láctea

(pretérito imperfeito)

Era, ou tinha sido, uma família cancerosa. Muitos já estavam mortos e os restantes tentavam esquecer o que os matara.

Esquecer, por exemplo, que o câncer é urdido nos tecidos de forma silenciosa. Por dentro. Por baixo. Em redor. Que as células malignas orbitam indistinguíveis a bordo do sangue e às vezes são o próprio sangue. E que a dor nem sempre avisa ou nem sempre a tempo.

Ao puxar a porta pesada do carro sentiu uma fisgada no lado do peito. Deslizou a mão por baixo do casaco e da malha e da blusa, por baixo do sutiã; apalpou-se com os dedos e notou que havia algo ali. Enraizado. Denso. Letal? Antes já encontrara tantos caroços duros e dolorosos que nunca foram nada. E entrou no carro lembrando-se de que acabava de posar para o radiologista do hospital e que seu retrato à contraluz estava limpo. Mas sabia que um seio velho e fibroso como o dela era um pano grosso que nem sempre os raios conseguiam atravessar.

—

A Mãe lhe telefonou do passado para lhe dar todas as notícias de uma vez. Um tumor palpitava em seu peito como um pequeno coração. O tumor que extirpariam. A biópsia dos nódulos linfáticos. As doses de químio ainda a definir e as sessões de rádio. Sua boca ia se encher de úlceras. Vou sofrer uma queda brutal dos leucócitos, claro. E dizia essas coisas como se falasse do paciente de outro médico ou de um cunhado morto ou das *tias sobrinhas inimigas das amigas* por quem não sentia a menor compaixão.

Claro que perderia o cabelo, das sobrancelhas até os pés. Ia ficar mais careca que um ovo, afirmou a Mãe, que temia tudo menos a crueldade da expressão. Ia precisar de uma peruca ou talvez usasse um lenço.

E a palavra lenço abriu nela uma comporta por onde entrou a mulher de sobrancelhas desenhadas a caneta, de lábios delineados, aquela mulher esquelética passeando pelas ruas enlameadas da sua memória com a cabeça envolta em farrapos.

Às vezes as palavras sacudiam seu passado.

Às vezes eram conjuros que Ela repetia na esperança de que pudessem surtir algum efeito. Abracadabra tinha sido concebida pelos gnósticos como escudo contra o câncer.

—

Foi dar uma volta pelo centro da sua cidade, aquele formigueiro de turistas movendo-se lentamente pelas avenidas, aquele rumor de *vozes dedos câmeras de vigilância*, empinados arranha-céus atravessados por pulsações de néon, e entrou na biblioteca universitária que se estendia por túneis quilométricos embaixo da terra até encontrar os corredores PS169, PR605, PQ8098, RA644, cujos sensores acendiam a luz artificial sobre as estantes. Nunca estivera nessa área porque nunca procurara os relatos de mulheres com câncer que agora queria ler. Eram centenas de livros, diários de morte, romances terminais, depoimentos de filhos voltando para enterrar a mãe antes que o cadáver esfriasse, para aquecer na memória uma última miséria.

Foi cegada por uma onda de luz quando emergiu de volta com uma pilha de livros equilibrando-se nas mãos.

Nesses livros encontrou urnas cheias de objetos centenários, álbuns de fotografias das mães cancerosas, o impudico escrutínio de cartas íntimas que ninguém devia ter lido, o repasse de um perfume ainda vivo na roupa. Tudo o que já não teria uso. Caixas de maquiagem seca. Lâminas de barbear enferrujadas. Escovas cheias de cabelos. Vestidos roídos de traça que iriam para o lixo, onde estariam melhor. Onde acabariam se desintegrando em vez de ficarem embalsamados na eternidade de algum baú.

—

Não havia espaço para guardar *nada nada nem línguas viperinas*, desculpou-se a Mãe quando a Gêmea lhe perguntou o que tinha feito com as radiografias da Avó.

Ela explicaria à contrariada Gêmea que a Mãe fizera a mesma coisa com as radiografias da sua mãe que o Pai guardava numa gaveta em grandes envelopes brancos. Tinha jogado os retratos ósseos da sua mãe morta em algum lixão junto com todas as suas fotos em branco e preto, mas não falou disso porque era apenas especulação, não podia provar que a Mãe tivesse sumido desse modo com as fotos da sua mãe biológica e com elas todos os brinquedos da sua infância que pudessem evocá-la.

Rematar a mãe genética com seu esquecimento. Não ter visto seu rosto acabou por apagá-lo.

—

Foi num sebo que encontrou aquele romance sobre a cancerosa alucinada e devota como sua Mãe, que vislumbra nas manchas do seu peito, nas radiografias coladas no espelho, a imaculada que operaria o milagre da sua cura. Mas a aparição da virgem não passava de uma miragem.

—

A Mãe precisava confirmar que Ela estaria disposta a voltar ao passado por alguns dias ou semanas. Para acompanhar o papai, disse, como sempre dizia, impostando um pouco a voz, pondo o Pai na frente embora a Mãe estivesse ali, bem atrás, esperando por Ela como a filha pródiga que nunca poderia ser.

Venha para o seu país. A mãe costumava soltar essas provocações. Ela respondia este aqui também é meu país, por enquanto. Ou dizia nunca o deixei. Mas a Mãe continuava, impassível, aqui encontraríamos um rapaz conveniente para você, sem entender, a Mãe, que Ela só tinha conhecido rapazes inconvenientes e não queria arriscar com mais nenhum. Nem sequer podia imaginar que existisse algum sem punhos escondidos nos bolsos, algum que não machucasse, e não estava lá em busca de um homem. Sua única missão era encontrar um planeta habitável para poder formular uma hipótese doutoral, mas ainda não se detectara água líquida em nenhum planeta, nenhum material orgânico, nenhuma fonte de energia, essa era sua única preocupação, ia lhe dizendo essas coisas, sem que a Mãe a escutasse. A Mãe insistia para ela voltar ao passado onde encontraria o rapaz conveniente. Ela deixava o fone sobre a mesa, deixando-a falar, e só por momentos o colocava de volta junto à orelha e emitia um ahã, é, pode ser, assim, ao acaso, e a Mãe suspeitando que estava longe levantava a voz no telefone. E como encontraria um homem no meio daquelas colegas tão esquisitas, todas em volta d'Ela, sem deixar que olhasse em volta, que se distraísse, que se arrumasse um pouco, sem permitir nada, abraçando-a até sufocá-la nos retratos que tiravam, aquelas caras cheias de olheiras escuras de sono, sempre em volta ou do lado ou em cima, ofuscando-a com a luz artificial dos escritórios. Sempre estudando juntas, resolvendo fórmulas ou desconfiando das suas próprias hipóteses, comendo pouco porque a vida de estudo era miserável e fumando além da conta, juntas, e tomando café até abrir uma úlcera, e varando noites, e ficando para dormir *juntas misturadas úmido calafrio* em colchonetes cheios de percevejos, dizia a Mãe inaudível enrugando um pouco o nariz, entrecerrando os olhos, todas essas suas amigas sempre de calça e madeixas mal tosadas que afugentavam todo mundo com hipóteses que levariam uma eternidade para comprovar. A Mãe também desaprovava seus colegas que eram muitos mais que as colegas mas já começavam a ralear, todos solteiros, todos suarentos, sujos, mal barbeados, grudados como monges ao deus da tela e criando barrigas de pão com mortadela. Era uma seita de estudiosos que deviam estar perdendo a visão e os dentes. Tudo isso dizia a Mãe rindo sem pudor das coisas que inventava, porque não tinha conhecido nenhum daqueles monges da física e muito menos as devotas da ciência, aquelas moças de sobrancelhas aparadas que avançavam em direção ao seu futuro.

Ela estava ficando para trás, perdida na estratosfera.

Foi no bar de sempre onde suas companheiras lhe informaram que corriam boatos sobre Ela. Que era uma infiltrada no campo da física. Que mentia quando dizia que tinha perdido todo o trabalho dos últimos anos, que aquele seu computador caríssimo estava contaminado com um vírus replicante, que o caríssimo conserto não resolvera o problema e continuava dando *erro 404 favor reiniciar*, ou então o código 403 de área proibida. Não passavam de desculpas esfarrapadas, diziam rindo d'Ela às gargalhadas, e Ela gelada com um vinho na mão percebendo que estavam há meses falando mal d'Ela pelas costas e escutando-as dizer agora, ao vivo, de frente, com franca condescendência, que seu erro era ter acreditado que tinha algum talento para as ciências exatas. Ela só levava jeito para a especulação, disse a colega que Ela achava ser a mais próxima, porque, acrescentou a traidora, eram realmente absurdas as ideias que saíam da sua boca. Os raciocínios. As palavras. Eram uma piada, disse com desdém. E as outras concordaram, ergueram suas taças, brindaram à sua saúde antes de abandoná-la com o ânimo pelo chão e partirem, todas juntas, para suas carreiras meteóricas.

Ela deixaria de aparecer na universidade, deixaria de mandar mensagens cumprimentando aquelas colegas que julgara suas amigas e para os colegas em quem tampouco poderia confiar. Manteria acesa a ilusão de se doutorar mas essa chama se apagaria. Um professor após outro, foram todos se desculpando por não poder orientar sua tese. Erro 410, Ela pensou: professor indisponível.

—

Sem intenção de procurá-lo, *pássaros na cabeça escalando por suas pernas*, encontraria o homem do seu futuro na cidade do passado. Ela o viu de longe, através dos seus óculos sujos, e lá estava ele, no púlpito, de calça jeans, camisa branca sem abotoaduras nos punhos e sem paletó, revoando gestos das mãos e bordões da sua língua enquanto dava uma conferência magistral no museu da memória. Ela levantaria a mão para fazer uma pergunta no fim. Tentaria chamar sua atenção, ver se sorria, ver como falava com uma mulher que não era especialista em seu tema. O que Ela se perguntava era que espécie de rapaz Ele poderia ser.

Um rapaz de mente aberta, com um livro embaixo do braço.

—

Esse homem do futuro não tinha aparecido em seu horizonte e Ela continuava com o fone apertado contra a orelha, contra a voz da Mãe que continuava a dizer, como se dissesse a si mesma com a pior das intenções, *inspirando poeira abelha rainha*, filha, escute bem, aqui você poderia encontrar alguém, se estabelecer, dar aulas num só colégio com um único contrato digno e não num monte de escolinhas. E Ela a corrigia, escolas mamãe, sem diminutivo, públicas sem desprezo. A Mãe não se deixava interromper, termine logo isso que você está fazendo, isso, esse não sei quê que está escrevendo, quanto mais você vai se demorar?

Demoraria a entender que a Mãe punha a culpa n'Ele por mantê-la longe da sua família, do seu país. A Mãe achava que Ele a impedia de terminar sua tese para retê-la.

—

Sua filha era muito capaz, comentava a Mãe inflada de menosprezo por aquelas secretárias corpulentas e incrédulas do seu hospital, que imaginavam a filha da doutora escrevendo um livro esotérico. Os planetas habitáveis e depois os buracos negros soavam a muita ficção pouco científica. Uma das secretárias murmurou pelas costas da Mãe que na certa só uns gatos-pingados leriam aquele livro. Mas os gatos não leem, disse a secretária recém-chegada juntando as sobrancelhas.

Gatos de lombo arrepiado cobrindo suas gatas frias. Esses versos lhe vieram à cabeça porque era assim que Ela começava a se sentir: gata e gato ao mesmo tempo.

O pensamento de que nem começara a escrever sua tese, seu livro *quântico gravitacional termodinâmico ou seja lá o que fosse*, a deixava de cabelo em pé, arqueava suas costas com vértebras multiplicadas, queimava sua garganta rubra e carnosa, secava suas córneas.

—

Quantas vezes já expliquei, mamãe, que uma tese leva tempo. E só podia escrevê-la na cidade do presente porque em seu país pretérito isso que Ela estudava não tinha futuro.

Futuro, futuro, o que você sabe do futuro?, resmungava a Mãe indignada fitando a palma da própria mão.

Quem disse que não temos futuro?, sibilou o Primogênito uma tarde, lançando para Ela um olhar de esguelha. Sob o árido céu do norte se multiplicam os observatórios, os telescópios interestelares, continuou dizendo aquele irmão que só se lembrava do céu quando chovia e seus ossos rangiam estremecidos. Lá só estão compilando o passado do cosmos, são apenas *dados entropia objetos a identificar*, Ela disse abandonando a mesa cansada de dar explicações que nem Ela própria entendia por completo.

Só uma vez Ela ousara subir os montes mais áridos, as montanhas mais desertas, onde o céu era transparente e a luz, tão perfeita que os astros pareciam chegar antes ou nunca ter saído da eterna noite do observatório. Aventurou-se a olhar de perto o que vinha conjeturando de tão longe. Aquela contemplação telescópica lhe causara vertigem, enjoo, e escapou de lá sem dizer a ninguém que não conseguiu olhar. Nem mesmo ao Pai.

—

Aqueles observatórios violando a noite.

Aqueles observatórios em terra estavam ficando no passado. O futuro era dos satélites que lançados ao espaço determinavam a *magnitude distância translação paralálica* dos astros. Os satélites recolheriam os dados anatômicos da via láctea em forma de 1 e 0 e os computadores os traduziriam num mapa estelar.

O Primogênito observou o rápido pestanejar da sua irmã e torceu os lábios.

—

Ligou para o Pai para ouvir, da sua boca, qual era o prognóstico. O Pai, mais sombrio que de costume, mais estoico, menos convincente que nunca, disse que se tratava de ir esquivando os obstáculos nessa corrida de sacos que era viver.

O Pai não mencionou a possibilidade da morte. Só a Mãe. Não deviam pensar nisso, rebateu o Pai, e a Mãe retrucou que não era preciso pensar nela, que a morte trataria de ir pensando em todos. Mas às vezes invertiam os papéis e era o Pai que mencionava a morte enquanto a Mãe optava pela sobrevivência.

—

Um mecanismo mental a impedia de imaginar o momento da própria morte, porque se fosse possível imaginar esse momento, o temor desse momento, a *impotência orfandade encefalograma plano*, a ansiedade adiantaria a iminência do final.

A mãe da Mãe sempre tivera medo de morrer, mas em algum ponto o perdera. Não chegou a lhes dizer onde.

—

O Pai tinha um amigo cirurgião que antes de lhe extirpar o apêndice tinha operado um doente terminal. Cortou. Afastou as bordas. Verificou que o câncer tinha se espalhado. Em vez de estripá-lo e esvaziá-lo fechou-o com cuidado e esperou o paciente sair da anestesia para anunciar os penosos meses que lhe restavam. Viu-o deixar o recinto cabisbaixo. Anos mais tarde, era o Pai quem contava agora como tudo acabou, seu amigo cirurgião voltara a se encontrar com o doente que tinha dado como morto. Olá, doutor, exclamou o finado no elevador, lembra de mim?

Remissão espontânea era o nome disso. Pode mesmo acontecer de o sistema imunológico reagir e dar cabo dessas células infames. Mas são casos raríssimos, disse a Mãe.

—

Quantas vezes contaria a Ele essa história que Ele preferiria não escutar?

—

Esperar: Ela dita a palavra ao telefone para ver no que se converte na outra língua a espera em sua forma infinitiva. *It's better at. Yes pay Dad.*

Quantos dias tornava-se *when does the ass* e *what does the S*. Tudo dependia de como pronunciava para o aparelho.

Quantos dias podiam esperar por Ela enquanto encontrava alguém que assumisse suas aulas? Ela já havia usado todas as folgas possíveis e devia solicitar essa licença caprichando a cara de consternação e explicando que as emergências ocorriam numa dimensão alternativa do tempo.

—

Don't panic, disse aos seus alunos no último dia, antes de tirar uma semana para viajar e acompanhar a Mãe em sua cirurgia. Não se angustiem, repetiu, nosso buraco negro, ao contrário de outros mais distantes, está dormindo profundamente, explicou, *quiescent*, disse, estaremos todos mortos, vocês e eu, antes que ele acorde e nos devore.

—

Notou que faltava uma demão de pintura na fachada da casa. No jardim se viam árvores que há muito ninguém podava, a grama amarelada semeada de pássaros famintos que bicavam suas raízes. E na entrada, a Mãe que abre a porta já não se parece com a que Ela conhece: esta é outra, outra vez outra mãe envolta numa longa camisola branca. É a piorada substituta de si mesma, *descascada descarnada fantasma encanecido*. Sabe que poderia perdê-la, outra vez perdê-la para sempre. Aferra-se ao seu corpo e não a solta.

Toque aqui, diz a Mãe desvencilhando-se do seu abraço. Está sentindo isso?

Isso que vivia dentro da Mãe e também era a Mãe. Isso que a qualquer momento poderia brotar dentro d'Ela.

Tempos depois e ainda pensando que a qualquer momento esse tumor poderia tocar a Ela, pediu para Ele tocar seus peitos. Que os pegasse bem, que os amassasse, que afundasse os dedos neles. Está sentindo alguma coisa? Ele parou, olhou com nojo o busto no que acabava de beijar: assim não consigo.

Ela o olhou como se soubesse que ia machucá-la e não se importasse.

Seria uma questão de tempo a chegada do primeiro golpe que no entanto não chegava.

—

Andem logo, resmungou a Mãe porque as duas meias-irmãs estavam se demorando a caminho do consultório do especialista em reconstituição. Temos mesmo que ajudar a escolher?, perguntou a Gêmea medindo com o canto do olho os peitos da Mãe, o cachecol enroscado no pescoço como um coelho. Ela apertou o cotovelo da irmã para distraí-la agora que olhava fixo para aqueles peitos maternos, enquanto o especialista os media pela frente com uma fita métrica e os pesava. Ostentando sua arte, o cirurgião apresentou-lhes sobre uma bandeja os possíveis substitutos de silicone de todos os tamanhos. Teria o seu à mão em caso de completa extração.

Posso gravar?, perguntou a Gêmea que acabava de ser flagrada pelo cirurgião em plena gravação.

Eram peitos tão perfeitos, peitos desumanos, suspirou com as imagens já guardadas em sua câmera. Peitos que depois mostraria ao seu Gêmeo. Você acha que eu devia reduzir os meus?, perguntaria ao irmão, e ele diria, apalpando-os com os olhos, que seus peitos eram os mais lindos. Das três mulheres que conhecia, a Gêmea era quem tinha os seios maiores, mais propensos à queda gravitacional.

—

Conjetura de um peito doente. Quanto pesa um peito? Um quilo ou meio ou mais? Um peito sempre era mais pesado e mais teimoso que o outro? E quanto pesaria seu tumor? Do que seria feito? Do mesmo, claro. Gordura, pele, umas glândulas com nome e sobrenome. Auréolas. Mamilos. Ductos galactóforos. Células idênticas entre si multiplicando seu esforço por destruí-lo.

—

Retrato de uma mulher a quem arrancam o mamilo cheio de sarcoma. Um peito mutilado continua sendo um peito? Uma mulher sem peitos continua sendo uma mulher? A mulher velha que é a Mãe se sente mulher pela metade agora, mas Ela viu *homens símios cetáceos* com e sem peitos que continuaram a parecer o que são.

Ficou olhando em seu computador nus de mulheres que escolheram ficar planas depois da mastectomia. Uma tatuou flores nas cicatrizes, outra usava uma gravata pendurada sobre sua nudez e um vaidoso bigode. Seus corpos estilizados pelo papel couchê, Ela pensou guardando o artigo que não deixaria a Mãe ler.

—

E lá estavam reunidos mais uma vez num quarto de hospital, esperando que levassem o corpo da Mãe. Os Gêmeos tinham chegado juntos sem combinar e de modo simultâneo sacaram um maço de cigarros, ofereceram fogo um à outra enquanto o Primogênito abria a janela. Penteava-se com os dedos deixando bem à vista seu nariz de gancho, aquela cartilagem que não parava de crescer. Lia umas piadas péssimas na tela do seu celular sem ousar contá-las de memória porque com a memória não dava para contar. Suas piadas arrematadas pelo relincho dos Gêmeos. Aquela gargalhada dupla e penetrante a contagiava; não as piadas, o riso aterrado.

Aos pés da cama se despediram da Mãe, Ela dobrando a mão para a frente, o Primogênito estalando os dedos; o Gêmeo fez um V da vitória enquanto seu imperfeito duplo feminino apontava sua câmera e dava REC. Mas a Mãe já estava rodeada por um muro de maqueiros mais pálidos que a doente. Suas alavancas já estavam em movimento: baixaram o encosto, levantaram as proteções, empurraram a cama pelo longo corredor e as portas do elevador se fecharam deixando uma vibração nos tímpanos dos irmãos, perplexos os quatro, mergulhados numa orfandade gélida.

Rememoraram todos juntos os sinistros casos da infância. Os Gêmeos, que quando crescessem queriam ser cineastas, ele roteirista e ela diretora, vinham colecionando essas cenas para um futuro filme em que uma mãe tentava assassinar os filhos.

A Senhora estava convencida de que a Mãe tentara matá-los quando eram pequenos. Dava-lhes de comer cascas de batata cheias de terra às escondidas do Pai. E misturava os Gêmeos com as crianças pestilentas do bairro para que pegassem seus bichos. A Senhora dizia essas coisas esfregando o nariz, assoando-se com um lenço, soltando um par de espirros breves, mas a Gêmea conhecia a onda expansiva de ódio que sustentava a Senhora, aquela velha que a Gêmea adorava por mais que detestasse sua Mãe e a casa cheia de gelados janelões por onde entrava a poeira, aquela casa cheia de cantos que ela escolhera para todos. Mas a Gêmea não guardava rancor pela Mãe por tê-la obrigado a abrir bem a boca e pôr a língua babenta para fora para beijar o Gêmeo e as outras crianças do bairro. Ao recordar esses casos morria de rir, com a cara inteira, dobrando suas grandes bochechas, porque sabia que tudo o que a Senhora contava era verdade, menos que a Mãe quisesse matá-los. O Gêmeo confirmava sua Gêmea sem prestar muita atenção e lançava um olhar sagaz à meia-irmã mais velha que ressentia a superioridade dos seus irmãos mais novos. E o Primogênito punha lenha na fogueira lembrando que uma vez a Mãe quase conseguira matá-los. Matá-los mesmo. É verdade!, vibraram em coro os Gêmeos enquanto o Primogênito, empurrando a parede com as mãos para alongar as panturrilhas, relatava a terapia experimental a que a Mãe os submetera. Ela queria curar sua alergia, lembram?, e dobrou a perna para trás para esticar a coxa. Os Gêmeos viram o passado passar como um filme em presente contínuo: lá estavam aquelas semanas em que a Mãe foi inoculando *poeira grama plátanos-do-oriente baratas vivas*, uma injeção de primavera e ventos alísios. A cada quinta-feira aumentava a dose para torná-los mais resistentes. E a Gêmea agradeceu a picada e montou em seus patins de ferro, apertou as correias em volta dos tênis e saiu sobre rodas pela rua abaixo para voltar logo em seguida, sem patins e sem ar, a pele coberta de manchas vermelhas que coçava enlouquecida. Encontrou o Gêmeo debatendo-se contra a asfixia *azul roxo vômito de estrelas* na cama de casal, com a Mãe ao lado enchendo uma seringa para injetar, primeiro nele, depois nela, uma ampola de corticoides. Aquela que o Pai mantinha na caixa de papelão dentro do guarda-roupa, para casos de emergência.

O que cura numa dose pode matar em outra, constatou a Mãe, contrita. Não houve mais injeções mas a Mãe não desistia.

Extraiu uma pílula cor-de-rosa da caixinha de remédios que guardava em sua mesa de cabeceira. O Gêmeo, os olhos brilhantes de alergia, deixou que a Mãe a depositasse sobre sua língua grossa, áspera, e fechou a boca e, enquanto a pílula ultrapassava o limiar da úvula e escorregava faringe abaixo, a Gêmea, com outra pílula cor-de-rosa entre os dedos, soltou um mamãe, como você sabe que este não é um dos seus hormônios da menopausa? A Mãe veloz arrancou a pílula da mão dela para ler as minúsculas ali gravadas. O Gêmeo olhou para as duas desconcertado e enfiou uns dedos rápidos pelo esôfago, e com ânsias de vômito puxou a pílula viscosa de saliva. Os três ficaram olhando para o remédio: era o hormônio do câncer materno.

Em sua origem a palavra fármaco tinha significados contraditórios: era *remédio veneno bode expiatório*. Mas existia uma aliança secreta entre esses sentidos: o sacrifício do bode aos deuses visava resolver dificuldades, o veneno podia servir de solução ou consolo para a comunidade.

—

Não era que as aspirinas protegiam contra o câncer de mama? Era estranho o Pai não ter dado aspirinas à Mãe, mas ele não receitaria à sua segunda mulher os comprimidos que podiam ter causado a morte da primeira.

O remédio que pode salvar também pode matar.

—

Não deviam calcular qual dos dois era mais velho baseados na secreta ordem em que foram fecundados ou dados à luz e sim com uma equação dos espaços onde tinham vivido, Ela disse aos Gêmeos levantando uma sobrancelha e deixando-a no alto num gesto de charada. No pico nevado da cordilheira o tempo passa mais rápido que ao nível do mar, disse, e mais rápido ainda que embaixo da terra, três microssegundos por quilômetro ao ano, continuou a irmã exagerando sua superioridade matemática, acrescentando que o tempo se dilatava perto do centro de gravidade. Mas a gente sempre morou aqui nesta cidade e sempre fez tudo juntos, alegou o Gêmeo. Nenhum dos dois sequer subiu para esquiar, concordou a Gêmea esticando o lábio para impedir que seu sorvete de baunilha escorresse.

A Gêmea se deliciava quando conseguia destruir os nefastos cálculos da irmã mais velha. O Gêmeo por seu turno tinha ânsias quando sentia aquele cheiro de baunilha e leite que recordava suas amígdalas. Não se lembrava de ter entrado no centro cirúrgico nem de ter vomitado bile e sangue depois da operação; sua única recordação era desse sorvete repugnante que foi seu único alimento durante vários dias.

Os antigos estavam convencidos de que as amígdalas eram a sede das lembranças, sem imaginar que os médicos do futuro passariam a extirpar esses pedaços do sistema linfático por serem imprestáveis.

—

Esses Gêmeos eram seus, seus e de mais ninguém. Ela, em compensação, só lhe pertencia pela metade porque a disputava com o Pai, e no filho mais velho nem sequer encostava, preferia deixá-lo, áspero do jeito que era, para seu velho marido.

A infância dos Gêmeos deve ter sido ótima, os dois como meros espectadores de dramas alheios. Tinham um à outra para se proteger dos irmãos mais velhos.

Porque Ela costumava lhes dizer que eram adotados e os Gêmeos, sem saber o que era a adoção, choravam aos berros.

Porque o Primogênito lhes dizia, quando entenderam que não eram adotados, que tinham sido clonados. Àquela altura os Gêmeos tinham parado de chorar.

Porque o Pai, para convencê-los a rapar o cabelo, advertiu que seus miolos derreteriam se não o obedecessem. A Mãe nunca o perdoou por isso, mas o Pai ria à gargalhadas quando se lembrava dos dois raspando as cabeças mutuamente, ficando como fetos. Os Gêmeos riam com violência ao recordar essa cena.

—

Os Gêmeos não se lembravam de que Ela cortava pedacinhos do seu cabelo tão rente do couro cabeludo que às vezes lhes tirava sangue sem que a Mãe entendesse aqueles ferimentos, aquele choro gêmeo.

A Mãe concluiu que os dois se arrancavam as mechas entre si.

—

E tem mais, sussurrou a Mãe baixando a voz até torná-la inaudível. O quê?, Ela perguntou, soprando em seus olhos para que não chorasse. Eu acho que seu Pai tem outra família. Outra família, Ela pensou olhando-a com *espanto horror trêmula sinapse*, outra família?, sentindo o sangue coagular no peito, a pressão despencar, mas seu Pai já tinha não uma mas duas famílias, os filhos nascidos da primeira mãe e os Gêmeos nascidos da segunda. Haveria mais famílias, mais mulheres do seu Pai, mais filhas suas irmãs?, Ela se perguntou, e pensou que se alguém sabia disso devia ser a Senhora e em seguida pensou que talvez fosse a própria Senhora essa outra mulher, uma mãe secreta. Outra família? Desconfio que sim, disse a Mãe assentindo e baixando tanto a voz que Ela teve que se aproximar da sua boca, e essa mulher deve ser caríssima, sussurrou, deve ter muitos filhos com ela, continuou, e enxugou os olhos com a manga da sua malha e limpou o nariz. Tem certeza?, Ela afastava as mãos do rosto da Mãe para ver seus olhos. Eu lhe pedi um dinheiro para o peito de silicone e ele disse que não tinha nem um centavo no banco, que não tinha nada, nem aposentadoria. Como é que ele pode não ter nada depois de passar a vida trabalhando feito um camelo? E o que ele fez com todo o dinheiro que sua mãe deixou para vocês? A Mãe a olhou bem fixo e, sem saber se seu olhar era de compaixão ou acusação, Ela sentiu o sangue centrifugar e ruborizar seu rosto e então a Mãe franziu os lábios e lhe enterrou um dedo duro no esterno: você sabe de alguma coisa.

—

Sua filha mais velha era tão magrinha. O Pai a obrigou a comer queijo. Essa gordura extra melhoraria sua aparência e para convencê-la o Pai usou a palavra escorbuto que Ela acabara de aprender. Aquela coisa horrível que dava nos marinheiros malnutridos. Mas aquele queijo continha imundícies para as quais Ela não era imune e que comprometeram gravemente sua saúde até o Pai abandonar a tal estratégia de engorda.

Ela ganhou do Pai um cachorro de pelúcia que batizou Gastroenterite.

O Primogênito sequestrou seu bicho de pelúcia e o fez desaparecer. A Mãe o encontrou enterrado no jardim, quando cavava um buraco para plantar petúnias, anos depois. Gastroenterite estava em avançado estado de decomposição.

Ela o embrulhou e o deu aos Gêmeos como presente de aniversário.

Os Gêmeos conservaram o cadáver do bicho de pelúcia e o usaram, anos mais tarde, num curta-metragem dedicado ao Pai.

—

Ouvira dizer que os filhos dos médicos não se importam com doenças e que os pais médicos também não ligam muito para o assunto. Ela se queixara de cansaço mas *ninguém pessoa alguma nem plantas carnívoras* prestara atenção. Sentia-se exausta, com dor de cabeça, e foi um colega que notou sua palidez. Será que não é anemia? O exame mostrou números que disparavam e despencavam na página. Você pegou um vírus, anunciou o Pai pelo telefone ao ver o resultado que Ela lhe mandou, e lhe deu os parabéns por ter superado em pé uma mononucleose.

Não estou me sentindo bem, dissera a Gêmea muito antes. Já vai passar, prognosticou o Gêmeo. Mas a Gêmea voltou a dizer que não estava sendo a pessoa de sempre. Mais uma vez sua queixa se perdeu entre as frestas das conversas à mesa e lá ficou até o dia em que a Mãe reparou na magreza da Gêmea, afundada numa cadeira com os ombros caídos e coçando o rosto e o pescoço com desespero. Você vai se machucar, disse, segurando a mão inquieta e olhando-a fixo nos olhos. Deixe eu ver, vá para perto do seu irmão. Mas a Gêmea não se levantou e quem se aproximou foi o Gêmeo com suas bochechas esplêndidas e a Mãe viu que a Gêmea estava amarelando. Tinha treze anos e uma hepatite aguda.

Mas essa hepatite foi se comprimindo em sua memória. Daquela semana restavam apenas a certeza de um sono comatoso e uma convalescença intensiva de filmes.

Doente de abandono, o Gêmeo se enfiou na cama com a irmã atordoada de febre. Doente de tédio, ligou a tevê que já era colorida e foi procurando clássicos que os dois viram com olhos profundos e vazios, prontos para serem tocados pelo cinema. E como a irmã demorava a se recuperar e os filmes começavam a se repetir, o Gêmeo partiu para a videolocadora em busca de mais fitas, uma mais esquisita que a outra, ou foi o que pareceu à Gêmea à medida que melhorava e começava a prestar verdadeira atenção no que via. Nesses dias, nessa cama, decidiram que um dia rodariam seus próprios filmes com uma câmera em desuso que andava perdida por aí.

—

A Gêmea inapetente emagreceu vários quilos acamada. Sua Mãe teve então a genial ideia de aproveitar para lhe dizer que se voltasse a comer como antes poderia sofrer uma recaída fulminante. A Gêmea continuou perdendo peso para não voltar a adoecer e estava pele e osso quando o Pai, sem entender por que ela continuava a dieta, esclareceu que ela agora era imune ao vírus. Nunca mais voltaria a pegar hepatite.

—

Antes do advento da anestesia que nesse momento deviam estar injetando na Mãe, os médicos tinham que possuir força física e mental para operar pacientes que convulsionavam de dor. Mas os quatro concordaram que a Mãe não precisaria disso, era uma velha piada entre eles, que a Mãe funcionava a toda até seu motor parar, que a Mãe tinha duas posições automáticas. On, disse a Gêmea. Off, disse seu irmão, abrindo os olhos quando a Gêmea dizia On, fechando-os a irmã quando seu Gêmeo cantava Off. Riam convulsivos, soluçando.

O eco frio das suas risadas.

—

Era mesmo verdade que Ela afastava a fina pele das suas pálpebras para confirmar se a Mãe continuava lá? Tinha mesmo medo de não a encontrar ou de encontrar outra pessoa ali dentro? O cirurgião agora lhe abria outra pele com seu bisturi. Cortaria tecidos em busca do quê? Um asteroide ou uma mesquinharia do seu marido, um pão queimado, a excessiva radiação do verão, sua aversão ao Primogênito? Onde terminavam os enredos da Mãe e começava seu tumor? Eram as perguntas que Ela se fazia enquanto ouvia as risadas estridentes dos irmãos que não pareciam se perguntar coisa alguma.

—

No centro da via láctea havia um enorme buraco. O seio de uma antiga deusa tinha derramado seu leite ao redor.

—

Conjetura de um peito mutilado. Era impossível saber de antemão se seria extirpado por inteiro ou apenas as glândulas e os gânglios, se o sentinela já estava comprometido, se poderiam poupar o mamilo. O microscópio entregaria seu implacável veredicto enquanto o seio esperava *aberto violáceo palpitante* sobre a mesa. O cirurgião pronunciaria a última palavra com as mãos enluvadas, corte.

O que a inquietava era onde iria parar aquilo que sentia como d'Ela embora não fosse. Queria que lhe entregassem a mama inteira e sem contar nada aos legítimos herdeiros. Ela a conservaria refrigerada num frasco que não precisaria etiquetar.

Um dia esse peito será a única coisa que restará da sua ideia de mãe: a deslembrança de uns lábios que não chegaram a sugar o mamilo. Porque Ela nem sequer chegou a acariciar por fora o corpo que habitou por dentro enquanto era um monte de células em multiplicação.

—

Em sua passagem pela obstetrícia, a Mãe assistiu ao parto de uma menina tão prematura, tão incompleta, tão *calado contraído cianótico o rosto* que a deram como morta. Naquele tempo, dizia a Mãe, não se sabia de hormônios que remendam pulmões ou fecham corações partidos ainda pela metade. Então a jogaram no lixo. Não façam essa cara, disse a Mãe com estridência quando percebeu o horror nos olhos dos Gêmeos. Tinham parado de mastigar com os talheres suspensos no ar imaginando aquele cadáver recém-nascido misturado com cascas de laranja e saquinhos de chá espremidos e pele de frango assado. Claro que não era uma lixeira de comida e sim de resíduo hospitalar. Curativos ensanguentados. Cordões umbilicais. Placentas como medusas violáceas. Ah, bom, respondeu ironizando o Gêmeo, e a Gêmea soltou uma risada mas imediatamente se calou. Não parecem lá muito hospitaleiros esses resíduos, observou o Primogênito secundando os mais novos enquanto a Mãe dizia, posso acabar de contar?

A menina natimorta rebentou num choro desamparado e tiveram que resgatá-la do seu improvisado cemitério.

—

Depois de várias tentativas, a vizinha sardenta da frente engravidou de três óvulos fecundados sobre uma placa de vidro. Um dos embriões parou de se multiplicar e foi considerado morto, os outros dois foram dados à luz antes do tempo. O menino pesava oitocentos gramas, a menina pesava a metade disso e estava incompleta.

A menina vai se salvar mas o menino não, prenunciou a Mãe quando Ela lhe falou desse parto antecipado. As meninas sobrevivem mais porque nós mulheres somos geneticamente preparadas para aguentar, e programadas para sobreviver. Nossa tarefa é ir espalhando genes pelo planeta, preservar a espécie. A Mãe sempre achava um jeito de enfiar uma mensagem dentro da outra, que as mulheres salvavam a humanidade enquanto os homens tratavam de aniquilá-la, Ela pensou decidida a voltar a lhe escrever sobre a menina que decerto sobrevivera.

O menino morreu de um derrame cerebral, inesperado para todos menos para a Mãe que o pressagiara.

—

A filha prematura não tinha força para mamar e a vizinha tirava seu leite para que a bebê pudesse tomá-lo de uma mamadeira. Estava nessas lides quando as visitas tocaram a campainha. Abriu a porta contente de vê-los, de poder contar o drama das incubadoras e a alegria de ver que sua filha estava crescendo alimentada por seu corpo. Exibiu, triunfal, a mamadeira cheia do seu leite e suspendeu a camiseta com o seio nu, coberto de sardas, a auréola rugosa, uns tubos finos colados na pele, uma bolsa de leite recém-tirado pendurada na clavícula. Ela olhou para Ele olhando o peito mecânico da radiante vizinha. Viu sua repentina palidez.

Nunca volte a me aprontar uma dessas, Eletrodo, disse depois. Ele devia achar que Ela tinha organizado aquele espetáculo macabro.

—

Seu Pai fora amamentado durante anos porque continuavam nascendo irmãos com quem ele dividia os peitos maternos;

fazia fila esperando os outros terminarem. O Primogênito fora privilegiado com o leite de uma mãe efêmera e os Gêmeos pelo de outra Mãe de longa duração. Mas Ela apenas presenciara a cerimônia mamária dos menores, com aversão, com ressentimento. Cada um chupando um mamilo dilatado, adormecidos os dois na teta mas agarrados com as mãos para que não escapasse. Depois arrotavam fartos, sobre aquela pele *morna transparente estriada ao redor.*

O leite da minha mãe era o melhor, dizia o Primogênito como se ele fosse o único filho da falecida. Era doce, dizia. E ficava esperando para ver o que Ela fazia, mas Ela não fazia nada além de odiá-lo em silêncio sabendo que se reagisse apanharia. Doce. Era doce. E em seu estômago se abria uma ferida que a impedia de se mexer e até de imaginar as pedras que não atiraria nele. Levaria muito tempo para entender que seu irmão não podia se lembrar do leite da mãe. Doce. Azedo. Seu sabor.

Mas o que é que Ela podia saber se sua boca órfã só tinha conhecido as mamadeiras que a Senhora lhe dava? Tinha a boca cheia de dentes quando o Pai voltou a se casar e a nova Mãe começou a amamentar os Gêmeos.

Aqueles irmãos de carne e cartilagem, aqueles bebês irrequietos que exigiam o peito de hora em hora. Aquelas crianças que Ela fazia chorar.

—

Andam por aí em sua difusa memória as irmãs da casa vermelha da esquina que a vizinhança chamava de grito. Aquela casa que se afilava numa chaminé fumegante de frio nos invernos do passado em plena ditadura. Nunca falavam do pai que só viam dentro de uma televisão, cantando para um microfone enorme. Esse pai que sairia do país e morreria de cirrose. As irmãs e os vizinhos souberam do seu falecimento pela imprensa. Mas por lá andavam, as duas, chegavam juntas na casa d'Ela, aceitavam sentar-se na sala de estar feita sala de espera, entravam uma por vez no quarto em sombras e tiravam as peças que cobriam o sintoma que acabavam de inventar para essa tarde, para serem atendidas. A meia sobre o tornozelo quebrado. O lenço para a dor de garganta. A camisa aberta que desnudava a crise de asma. Ela era sempre a médica e as irmãs da casa vermelha eram sempre pacientes deixando-se apalpar por suas mãos habilidosas.

O Primogênito as espiava pela fresta das cortinas. Viu quando a vizinha tirou a camisa colegial. Viu quando Ela deslizava seus dedos franzidos como um estetoscópio pelas costas da vizinha e com as mesmas cinco polpas auscultava o coração da doente deitada na cama fingindo tossir. Depois era com a orelha que auscultava, a bochecha apertada contra o umbigo. Depois os lábios sobre o mamilo acalmavam aquele peito cheio de tosse.

Ela não é sua mãe. Não tem outra mãezinha. O Primogênito ladrava com o rosto congestionado, arreganhando os dentes. Já esqueceu que você a matou?

Esqueceu?

Nunca se esqueceria disso, mesmo sem poder recordá-lo.

—

As irmãs pararam de ir lá quando despontaram seus peitos. No colégio tinham dito que ninguém devia pôr as mãos ali.

—

A Mãe estava acamada com sintomas de perda de líquido quando telefonaram do colégio para perguntar se a família estava atravessando alguma crise. Uma crise?, repetiu a Mãe confusa e indignada. Como a professora ousava fazer essa acusação insidiosa? A professora do primário limpou a garganta enquanto procurava um jeito de se desculpar e explicar que sua filha andava distraída, muito triste, toda murchinha. Não tinha tocado na merenda nem tomado seu suco e no intevalo se sentara sozinha com um livro que também não abriu. Nem sequer sorriu quando a professora colou uma estrelinha prateada em seu caderno, uma daquelas estrelinhas que a filha colecionava porque quando crescesse queria ser astronauta. Andava com uma ruga entre as sobrancelhas, a filha, arrastando sua malinha. Seus pais não estariam se divorciando?

O Pai se sentou à mesa com Ela, com um manual de biologia; foi mostrando as ilustrações de um óvulo viçoso rodeado de esquálidos espermatozoides, ondulantes, azuis, um mais brilhante que os outros, de cabeça longa como um cometa tomando a dianteira e abrindo passagem no óvulo. Não havia *pólen flores carnudas primaveras* por lugar algum. A página seguinte mostrava um embrião e o Pai lhe explicou que as células se dividiam velozes até virarem *fetos bebês pessoas infelizes*, e também lhe contou que os Gêmeos eram dois embriões diferentes, o dobro das células que a Mãe podia tolerar. Era por isso que ela vivia enjoada. Por isso estava de cama. Porque todo organismo estava tentando expulsar as células que não reconhecia e essas células eram muitas. Não disse destruir nem eliminar mas expulsar era outro daqueles verbos e o Pai não podia furtá-lo do seu relato porque isso seria mentir. Era por causa dessas células hiperativas que a Mãe vomitava até nos táxis, e tinha contrações fora de tempo, de lugar, e sangrava um pouco nas calcinhas mas seria só por alguns dias, disse, bem pouquinhos, repetiu, vendo que mais do que prestar atenção no que ele dizia Ela esquadrinhava aquele monstro de duas cabeças apertando os lábios numa linha. Mas Ela escutava, sim, e entendeu que o corpo da Mãe acabaria fazendo seus aqueles corpos estranhos.

Erro 401. O mandamento da multiplicação das células dava tanto em câncer como em filhos. Células confusas desobedecendo a uma proibição.

—

Amálgama de *energia nuclear beijos na boca*, os Gêmeos se atraíam sem se repelir. Uma força sobrenatural os mantinha unidos e quando alguém conseguia separá-los, berravam até ficarem azuis.

—

O tanto que aquela mulher corpulenta tinha engordado enquanto levava os Gêmeos na barriga só se compara com a rapidez com que ela perdeu peso enquanto os amamentou. Apesar do pão com abacate e do cálcio e do ferro e dos litros de leite vitaminado, dos sacos de laranja, dos pratos fundos de *porotos con rienda*, das *humitas* polvilhadas com açúcar.

Nunca recuperou aqueles quilos que detestava. Os Gêmeos me sugaram toda a gordura da gravidez e os quatro números a mais que cheguei a vestir, gabava-se a Mãe para as amigas, tomando um chá puro acompanhado de um biscoitinho de água, vendo as outras devorarem imensas tortas de lúcuma com um brilho manteigoso nos lábios.

—

Devia continuar lá em alguma sala luminosa a escassa Mãe que lhes restava, totalmente aberta, e aqui, a portas fechadas, os filhos dela e os outros. E como o sol estava batendo de chapa em seu rosto, fecharam as cortinas e ficaram na penumbra. Ela notou que os Gêmeos, apoiados na parede, discutindo um filme que acabava de estrear, estavam ficando assimétricos: a Gêmea redonda, o Gêmeo retangular. O Primogênito comprido mergulhado em sua tela acompanhava as notícias sobre a polêmica volta ao mundo da tocha olímpica, enquanto Ela, linha pontilhada na geometria familiar, se perguntava pela ausência do Pai. Iam chegando tias e amigos de diversos formatos, a Prima agora viúva e suas cinco filhas. Com fantas e pizzas oleosas, empanadas com pebre e outros produtos proibidos nos hospitais. Com anedotas que aceleravam o tempo. Encharcados de perfume entravam e saíam e entravam.

Ela abraçou aquela Prima próxima que anos atrás resgatara das ondas e lhe deu os pêsames pelo marido. A Prima os recebeu sem se comover, já aceitara a perda e a lembrança dele já se dissipava. O que não a abandonava era a possibilidade de que ao se estatelar contra o caminhão parado na estrada, na névoa da madrugada, no álcool que circulava por suas veias, seu marido tivesse ficado consciente por alguns minutos, bêbado mas desperto, vivo, vivo, sabendo que estava para morrer.

O telefonema no meio da noite a acordou entre *correntes ultramarinas quatis cegos no acostamento*. A voz do carabineiro comunicando o acidente.

A mãe da Prima viúva enviuvara com a mesma idade.

Ela não se lembrava de ter sido uma menina na casa dessa tia, uma menina que entrava na sala com os patins na mão e a Prima atrás, uma menina que chegou a ouvir seu tio dizer que estava há dias com uma colite intermitente e há décadas com uma dívida interminável que tinha a tia como avalista.

Ficaram na ruína mas se ajeitaram com a ajuda da família.

A Prima passava as férias com eles, os fins de semana, principalmente com o Primogênito, os aniversários, as festas, os sucessivos funerais.

Séculos depois, com um cigarro entre dedos disformes, avançando com os pés entorpecidos por uma artrite reumatoide, suportando seus setenta anos e um trabalho impossível, a mãe da Prima viúva contaria a Ela que a morte do genro a abalara mais que a da irmã e mais, muito mais que a do próprio marido. Ela revivera em sua única filha a certeza de uma bancarrota vitalícia da qual nunca conseguiu se recuperar. Como se não bastasse, agora a dívida se repetia em sua filha e suas cinco netas.

—

Do elevador foi saindo uma mulher em cadeira de rodas empurrada por um rapaz musculoso em quem Ela reconheceu o professor de ginástica que por muitos anos treinara maratonas com o Primogênito. Era igualzinho àquele rapaz que um dia se deixou beijar por Ela sem dizer nada ao irmão. Tinha um olho desviado mas era o mesmo. Oi. Oi. Os dois se beijaram surpresos por se encontrar, se abraçaram como se nunca tivessem deixado de se gostar. O rapaz sabia que Ela estava fora do país, mas Ela sabia mais porque sempre quis saber dele. Soube que sua namorada tinha infartado quando os dois corriam juntos num parque. E soube que depois ele mesmo sofrera um infarto ocular naquele olho agora descoordenado em seu rosto apesar de não fumar nem beber e continuar treinando para as corridas que o Primogênito já abandonara. Agora o ouvia perguntar o que Ela estava fazendo nesse hospital e o escutava dizer que tinham acabado de cortar um pedaço do cólon da mãe dele.

Era o câncer das mães que voltava a reuni-los.

—

Ela quis saber se a mãe d'Ele tivera câncer, mas a mãe d'Ele sempre tinha sido uma mulher saudável. Não pode ser, respondeu irritada, de alguma coisa ela morreu.

—

Não estava espalhado pelo sistema linfático, assegurou o oncologista entregando-lhes um sorriso único em seu repertório. A palavra metástase podia ser descartada com a mesma rapidez com que ele tinha descartado, a golpes de *tesouras agulhas destemperadas suturas*, aquele carcino de dura carapaça, aquele onco mole. Não foi o cirurgião quem disse isso e sim o Pai, entrando pela porta e tirando a máscara para lhes dar os detalhes operatórios, a etimologia do mal.

Como se esclarecesse as confusas noções dos tratados médicos, o Pai expôs a teoria dos antigos: acreditavam que o câncer era causado por um desajuste de fluidos que, em vez de circular, se cristalizavam no interior do corpo e lançavam nele suas *pernas pinças redes raízes*.

—

Um cientista tentara provar que o câncer não era contagioso alimentando uns cachorros da rua com tumores extirpados. Os vira-latas salivavam antecipadamente, ganiam à espera daqueles cânceres humanos que eram sua única comida. A baba transbordante dos seus focinhos. Se lhes injetassem células cancerígenas eles contrairiam câncer ou a imunidade canina os protegeria? Foi essa a pergunta seguinte do cientista.

—

No lixo caiu o caranguejo trinchado e inteiro o seio materno.

A localização do tumor não permitira preservar a mama, mas como chamar o processo da perda? Amputação remetia ao tratamento de um militar ferido. Mutilação ao torturado por seus inimigos. A Mãe tinha sido mutilada e agora esperavam que a ferida viva se tornasse cicatriz morta.

—

Ainda anestesiada apalpou o seio e ao sentir apenas o grosso da gaze berrou que as enfermeiras tinham roubado seu peito.

—

História de uma mama viajante. O peito de silicone que o Pai introduzira ao país no tempo da ditadura. Aquele peito era grande demais para a compleição da tia do colega que hospedara o Pai durante um seminário da sua especialidade. Talvez servisse a alguém lá, no passado, sugeriu o colega estrangeiro e lhe entregou o seio dentro de uma caixa quadrada, dentro de uma mala que abriram quando o Pai passou na alfândega. O que ele carregava aí, perguntou-lhe um agente e o escoltou até uma pequena sala, por depravado.

Apreenderam o objeto na alfândega sob suspeita de importação de pornografia, ou coisa pior.

O Gêmeo incorporaria essa cena ao roteiro que ainda não começara a escrever. O filme da mãe assassina que a Gêmea dirigiria no futuro.

—

A Mãe está acordada, criando intimidade com sua ferida. Que será que eu fiz para merecer isso?, diz, enquanto a filha mais velha ergue os olhos, isto aqui, diz a Mãe como precisasse explicar, tirarem tudo, será um castigo?, pergunta-se com a dúvida colada à voz. As costas da mão perfuradas por uma agulha, a gota do soro que cai intermitente. Você fez tantas coisas, sussurra a filha sem afastar a vista das ondas gravitacionais que está terminando de calcular na tela. Mas nem todas tão ruins, acrescenta fechando seu computador e olhando para o pé que desponta entre os lençóis. Uma unha cresce encravada na Mãe.

Claro que não era castigo divino, pensou Ela usando o frugal claro da Mãe e o tom seco do Pai. As pessoas estavam morrendo de câncer como moscas. A cada década dobrava o número de doentes e era, Ela não tinha a menor dúvida, por causa do aumento da radiação atmosférica.

—

Uma Bíblia sobre a mesa de cabeceira da Mãe. Sem pedi-la emprestada, Ela a levou até sua cama e a abriu: aquele cheiro antigo lhe trouxe lembranças que não podiam ser d'Ela mas que apontavam em sua cabeça como próprias. Já entrada a tarde invernal, a Mãe foi apagar a luz do quarto da filha e vendo-a atrás da sua Bíblia desaparecida alegrou-se de que a estivesse lendo. A Bíblia era um grande tratado de medicina.

Em suas páginas conheceu a reclusão dos doentes que sofriam daquele tumor *profundo brancacento hirsuto* que era a lepra. E leu a palavra pestilência e a palavra abominação. E leu que era proibida a nudez entre os parentes próximos e Ela vira os Gêmeos peladinhos e os enxugara com uma toalha. Pecado. Beijara a Prima na boca para receber seus germes e sua Amiga em tempos de desespero. Ela tomara banho nua com o Pai. E seu Pai tinha pecado com aquela prima distante com quem depois se casou e teve seu primeiro par de filhos. Aquela mãe que a pariu era então também sua tia abominável, e o Pai impenitente seria açoitado por relâmpagos de luz, mas quando?, açoitado quando?, Ela se perguntou, e quando é que jeová moeria todos eles de pancada, quando os queimaria com seu enxofre?

—

E que raios podia significar que no princípio só existia o verbo e que o verbo se fez carne? Abandonou o tratado médico da Mãe embaixo da sua cama e nunca o devolveu.

—

Enjoos e vômitos que despertam sua suspeita. Fez o teste de urina mas contrariando seus temores se desenhou apenas um risco: negativo. Nessa mesma noite sonhou que estava num elevador cheio de passageiros que agitavam pompons rosados cada vez que Ela falava. Cada vez que Ela mexia a cabeça. Ela sabia, como só se sabe nos sonhos, que aqueles pompons indicavam sua gravidez. Voltou à farmácia e ao banheiro e urinou sobre a varinha que deu positivo em dois riscos vermelhos e descontínuos.

Um médico mais baixo que Ela confirmou o resultado mostrando-lhe um pálido embrião na tela. Era um *alpiste feijão planeta distante* pairando no escuro, rodeado por uma maçaroca branca. Grudado na borda do seu útero foi onde Ela o viu e quis arrancar-se os olhos. Arrancar-se o rosto. Arrancar.

—

Alguns antigos estavam convencidos de que o útero era um órgão móvel cujo orbitar incerto produzia dores insofríveis e raptos de loucura. O que eles não entendiam era por que um útero se fixava num lugar durante a gravidez.

—

Tinha visto de longe aquele doutor do *alpiste asteroide perdido* quando acompanhou sua Amiga nesse transe. Trocava de consultório a cada ano o tal doutor. Mudava de casa cada vez com mais frequência, porque sua prática era proibida.

Era um outono de chuva crônica. A água caía a cântaros e nada de a Amiga chegar. As enfermeiras foram apagando as luzes até que não restou nenhuma acesa, nem sequer a do jardim alagado para onde a empurraram. Que esperasse nessas trevas enquanto as enfermeiras displicentes voltavam para sua vida.

Chovia como na Bíblia, pensou e imediatamente descartou esse pensamento materno.

—

Seu Pai ia apagando as luzes da casa para não desperdiçar energia. Não era necessária tanta luz amarelada, tanta luz branca que alterava o ciclo circadiano das espécies. Setenta por cento dos mamíferos tinha uma existência puramente noturna. Mas Ela não era um desses mamíferos, não naquela noite negra e molhada em que esperava sua Amiga passar para pegá-la.

—

Retrato de um fóton, a molécula indivisível da luz. Como calcular os fótons da estrelada via láctea?, pensou, mas não se distinguia nenhuma estrela naquele céu coberto de água.

—

A Amiga segurou em sua mão e lhe indicou o caminho por umas ruas tão cobertas de folhas que não se viam os bueiros inundados. Empinou um guarda-chuva que o vento se encarregou de revirar, quebrar, arrastar noite adentro, e a Amiga amaldiçoou o temporal que lhe roubara o guarda-chuva. Abriu a porta e a dobrou ao meio para enfiá-la em seu carro, em seu apartamento, em sua roupa seca e em sua própria cama. Injetou n'Ela uma ampola de antibióticos porque vai saber em que condições operava aquele médico. Deitou-se ao lado d'Ela. Acariciou sua orelha até Ela adormecer.

Não voltara a pensar naquela amarga tarde de tormenta.

—

O corpo não mente, mas talvez isso não fosse verdade. O que não mentia era a imagem. Mas isso também não era verdade: o câncer da Mãe não detectado pelos raios era a prova cabal. E a quimioterapia se estendia porque eram férteis, férreas e invisíveis aquelas células que procuravam o órgão onde se multiplicar.

De volta ao país do seu presente, Ela liga para a Mãe depois de cada sessão de quimioterapia. A Mãe intoxicada não recorda esses telefonemas ou não se lembra do que disse. Repete toda vez a mesma história.

Conta-lhe, toda vez, que tem um tubo encaixado no esterno para que todo esse veneno que vão continuar lhe aplicando no futuro não lhe arrebente as veias dos braços.

Quando alguém me diz que vai entrar em quimioterapia, sinto uma enorme tristeza, diz a Mãe, toda vez.

—

Qualquer um pode esquecer e depois recordar mas Ela tem uma memória que trata de ir eliminando tudo: Erro 410.

—

E nunca deixa de perguntar o que é isso que Ela está escrevendo. Já sei que não é um romance, titubeia a Mãe tomada pela confusão. Não, não é um romance, não sou escritora, confirma a filha impaciente, é uma tese. Uma tese, repete a Mãe. Não tem trama, continua a filha, está cheia de buracos e não sei quando vou terminá-la porque ainda nem comecei a escrevê-la. Só agora estou escolhendo o tema, e sua voz titubeou embaraçada na linha. Talvez inclua um capítulo sobre radiação, e sabe que está mentindo mas enfatiza a palavra esperando que ela ecoe e permaneça em seu cérebro atordoado. Não sei se vou querer ler uma coisa dessas, responde a Mãe voltando a mergulhar em seu sono químico. Toda vez.

—

Na época o Primogênito já tinha saído de casa, mas os outros três se lembravam da infestação de ratos que só a Mãe conseguiu erradicar. A Mãe que em seu tempo de laboratório tinha trabalhado com ratinhos tão brancos que doíam os olhos. Ela enfiava um ou outro nos bolsos do avental e deixava que subissem até seu ombro fazendo com que a Avó quase desmaiasse quando descobria os olhos vermelhos do rato, o focinho despontando no bolso da filha.

Os ratos eram a matéria-prima de todas as experiências de laboratório porque eram humanos em noventa por cento dos seus genes. E eram muitos, embora ninguém soubesse quantos: alguns calculavam uma média de quatro ratos por pessoa no mundo, mas as lendas subterrâneas da cidade arriscavam oito ou nove ratos por habitante. A única certeza era que uma fêmea podia parir até duas mil crias a cada ano.

Sua casa do passado tinha abrigado ratos em proporções legendárias.

Centenas de perninhas atravessavam o sótão de parte a parte a toda a velocidade: não os deixavam dormir. Como iam exterminá-los era a pergunta que os três se faziam na hora do café, antes de partirem para a escola com suas olheiras fundas. Quando aparecia um na privada e puxavam a descarga, o rato nadava de volta depois de sumir no encanamento. Quando os chutavam do telhado, resistiam à queda ilesos. E de nada adianta pôr um veneno qualquer, dizia a Mãe remexendo um pedaço de pão na boca. Eles são muito espertos, completava engolindo, mandam o mais fraco ou o mais velho ou doente provar o que minha mão oferece e esperam alguns dias para ver se o enviado sobrevive. Se a cobaia se salva, os outros se atiram sobre o que resta.

O cheiro de carniça já os alertara de algum roedor sacrificado pelos outros, que corriam espavoridos, penetravam pelos vãos da cozinha deixando rastros de cocô e terror.

A Mãe encontrou um mata-ratos de efeito retardado que conseguiu despistá-los; durante uma temporada sentiram que se aplacava a frenética correria de *rabos garras velozes tetrápodes* no sótão e aumentava o fedor.

Nos becos do seu país, nos estádios e em casas que não eram nem a d'Ela nem a de qualquer conhecido seu, corria outro ar fétido. A Amiga que naquele passado usava, assim como Ela, um vestido azul até os joelhos e uma gravata puída e se sentava, com Ela, na mesma carteira de madeira, lhe falara de cadáveres humanos deixados nas calçadas que ninguém se atrevia a recolher.

Tinham qualificado de ratos, aqueles mortos.

Mas eram ratos vivos o que enfiavam entre *pernas vaginas berros* das prisioneiras antes de assassiná-las.

—

Um veneno infalível por ser irresistível. Um com apelo sexual, anunciou a Mãe sem entrar em detalhes. Subiu numa escada, levantou o alçapão do sótão e empurrou umas bolinhas cinza e foi lavar as mãos com sabão e muita água para tirar o cheiro que excitava os ratos que corriceram até o amanhecer possuídos por uma morte orgástica.

Os ratos de cima sucumbiram à Mãe de baixo, deixando como prenda aquele cheiro horrível. Que podridão, exclamou a Senhora entrando pela porta com um Gêmeo em cada mão e soltando-os para tapar o nariz. Não, não, disse a Mãe, vendo as crianças dando o braço e correndo para dentro da casa. Não tem cheiro nenhum, disse. Estava fumando um cigarro para cobrir um cheiro com o outro, a Mãe, batendo a cinza do terceiro cigarro e soltando uma fumaça que a Senhora amaldiçoava. Não pode cheirar, garantia, porque a graça desse veneno é que ele mumifica os ratos, murmurou com uma voz que não parecia dela e sim da fumaça que a envolvia. Deixa os corpos secos, pura pele e ossos.

Necrose seca era o termo que descrevia esse final perfeito. Não é má ideia morrer assim, murmurou o Pai. Ninguém vai querer comer os restos. Nós, em compensação, somos pasto de vermes.

O Pai tinha pedido que o cremassem quando sua matéria cinza passasse a preto. Ficaria em casa, sua presença feita pó dentro de uma ânfora, e se filtrasse as cinzas do Pai Ela talvez pudesse resgatar fragmentos das suas unhas.

—

Os abrasadores raios da radioterapia estavam enchendo sua boca de chagas e calcinando sua pele. Não fazia muito tempo que tinham deixado de carbonizar as pecadoras na fogueira para lhes salvar a alma quando começaram a aplicar nelas radioterapia para lhes salvar o corpo. A pira radioativa continuava a queimá-las vivas ou lhes provocava uma morte lenta que só se tornava evidente décadas mais tarde.

—

Seus cabelos caem todos de uma vez no banho, uma água estopenta vai entupindo o ralo, redemoinhando com a espuma do xampu e as lágrimas da Mãe.

A Senhora ouve seu lamento e entra no banheiro sem pedir licença, compadecida da patroa que soluça fitando sua cabeleira abortada. Com horror. Com desconsolo. Despida até das sobrancelhas e pingando, a Mãe abraça aquela Senhora que nunca a aceitou e lhe acaricia as mechas de cabelo *grosso arraigado negra noite azul* como o que ela que acaba de perder.

Trabalhava na casa desde antes que a Mãe aparecesse, e continuava lá exercitando sua oscilante lealdade, como se a Mãe tivesse um poder magnético ao qual a Senhora, apesar da raiva e de tudo, não podia resistir.

A Senhora juntara aquele cabelo retinto e o jogara no lixo. Voltou a recolhê-lo da lixeira para enxaguá-lo e secá-lo porque Ela, que nunca lhe telefonava, tinha ligado só para lhe pedir que fizesse isso. Vai cheirar mal, avisou a Senhora, que não conseguia entender para quê Ela queria semelhante coisa, pois nem sequer era filha da patroa. Ou você está pensando em vender esse cabelo para fazer peruca? Ela não quis responder porque sabia que a Senhora ia repetir o que costumava lhe dizer, com sua voz fanhosa. Menina porca.

Implorou que o guardasse entre papéis de jornal até que Ela voltasse ao passado e acrescentou, afinando a voz, estou pedindo por favor não me faça perguntas.

—

O Gêmeo lhes contou da vez em que a vira falando ao telefone com a peruca posta ou sobreposta sobre seu cabelo crescido, meio desarrumada, alguma coisa destoava e ficou olhando para ela até perceber, porque a voz era anasalada, que se tratava da Senhora disfarçada de Mãe cancerosa, fazendo poses na frente do espelho.

—

Aquelas tias que morreriam antes de chegar à velhice tinham o pelo muito grosso e o eliminavam com a chama de uma vela. Passavam uma chama comprida rente à pele e bem rápido para não se queimar, o pelo se encolhia, a cinza caía acumulando-se no chão. Ela a amontoava com a cera seca e a guardava para futuros experimentos.

Suas colegas do colégio se depilavam com cera. Não era bom raspar as axilas e as pernas porque o pelo voltava a nascer mais grosso, mais forte. Para tirar a prova, deu cabo dos próprios cílios. Foi cortando-os com uma tesoura e os enfiou dentro de um frasco; observou-os de perto, tão pouca coisa. Não calculara que despojados dos cílios os olhos se encheriam de ciscos. Que ficariam cotocos farpados na borda das pálpebras e cada vez que esfregasse os olhos machucaria as córneas com aquelas pontas.

Voltariam a crescer, mais longos. Ela queimaria essas pestanas estudando noite adentro. Porque para Ela a noite não passava da extensão elétrica do dia. Porque Ela faria da noite o seu assunto.

—

Não sabe ao certo a idade que tinha daquela vez que se separou da Mãe e a perdeu num grande magazine cheio de *mulheres malhas cachecóis madeixas*. Ela a avistou ao longe, de costas, e correu na direção dela, segurou sua mão, pegou em seus dedos mornos sentindo suas unhas compridas, seu anel. Música de fundo. Seu enorme casaco de lã azul e seu penteado endurecido de laquê. Todo aquele cabelo retinto se virou e mostrou o rosto estranhado de uma mulher que não era a Mãe. Que menininha mais esquisita, pensou a desconhecida vendo-a sumir no meio da multidão.

—

As fichas que preenchia nos consultórios do país do presente certificavam que Ela era membro vitalício de uma estirpe cancerígena. Fulminantes cânceres de cólon, de pâncreas, melanomas em sua árvore genealógica.

A madrinha, prenhe da sua própria morte, não conseguia abotoar a calça. Absorta em seu cigarro, lançava fumaça com um resto de tosse, olhando-se toda inchada tinha exclamado não fecha, e isso que estou supermagra. O peito consumido da madrinha, as costelas à mostra, o rosto chupado e aquela enganosa barriga de grávida. Tinham dado um diagnóstico benevolente mas a madrinha sorriu inclinando a cabeça para um lado e apertou os olhos como se tentasse enfocar cada um, e deixar claro que ela sabia muito bem do que ia morrer.

Tinham mentido para ela sem a menor compaixão.

Você tem um peito para fora, Ela disse à madrinha. Estavam dormindo no mesmo quarto, e da sua cama Ela viu seu baby-doll mal ajeitado. Empinado no peito havia um mamilo pequeno como uma verruga. É só pele, pele enrugadinha e dois ou três pelos perdidos, observou a madrinha e piscou um olho para Ela antes de voltar ao seu livro.

A madrinha lia na cama, fumava na cama, exalava pelo nariz e deixava cair as cinzas no chão. A madrinha quando era pequena tinha ateado fogo na palmeira do seu colégio para ver como queimava, com que rapidez a chama subia enroscando-se no tronco. A madrinha que passava uma vela acesa pelas pernas. O cheiro de queimado impregnava o ar em volta da madrinha que exigiu ser cremada no dia da sua morte.

—

E sua outra tia vivera mais anos que os prognosticados fazendo tratamentos que não puderam deter o entusiasmo reprodutivo das células.

O Pai examinando a própria irmã, a primogênita, uma velha prematura. Jazia inconsciente, ligada a um respirador mecânico que a conservava em sua agonia. Saliva endurecida no canto do lábio. A cabeça afundada para a frente, na direção das mãos entrelaçadas sobre o lençol como se tivesse adormecido rezando. O Pai ergueu aquela cabeça por baixo, girou-a para um lado e para o outro. Afastou suas pálpebras e com uma lanterna iluminou suas pupilas que ainda se contraíam. Pegou em seu pulso por dentro, com a polpa dos dedos, e contou segundos em seu relógio antes de deixar cair aquele braço com as pulsações perdidas.

O eterno médico de cabeceira: um general calejado pelas sucessivas baixas na tropa. E embora já não tivesse coração, seus batimentos o mantinham vivo. Aqueles trezentos gramas de músculo davam conta de fazê-lo assistir à morte de todos.

Por que não a desligam?, Ela perguntou com ódio da vida artificial proporcionada por aquela máquina que respirava no lugar da tia. O tênue chiado do peito era seu único movimento. E aquele coração que insistia em palpitar, que vacilaria muitas vezes por uma fração de segundo, que pularia um batimento e depois outro antes de parar. Aqueles batimentos eram a única coisa que a separava da morte definitiva mas era tão difícil morrer. Deveriam dar à tia alguma coisa além do intermitente gotejar da morfina, ajudá-la. Essa é uma decisão que não cabe a mim, disse o Pai entre dentes. E neste país é ilegal facilitar a morte, por mais que você não goste disso. Ela baixou a cabeça pensando que sua tia já estava morta.

A quem pertencia aquele corpo que já não era sua tia? Ao seu marido mergulhado no desgaste da tristeza. Ao tio que morreria de um câncer súbito, apenas alguns meses depois da sua mulher.

—

Ela se pergunta quais as probabilidades de que alguma célula sub-reptícia volte a se manifestar em outro órgão materno.

—

A Mãe lhe contará como é escolher uma peruca igual à sua cabeleira perdida, deitar-se com sua peruca, lavá-la colocada assim como o Pai faz com suas camisas, quando viaja. Lavá-las no corpo, esfregando o sabão por cima como se fosse sua própria pele.

Perdeu noção do tempo futuro, quando abrirá um guarda-roupa e se deparará com a peruca da Mãe sobre uma cabeça de isopor branco com o rosto apagado. O tempo em que estudará com atenção o rosto materno, as metades daquele rosto emoldurado por seu cabelo preto e sustentado por seu corpo diminuto. Então se mirará no olho forte e no olho caído da Mãe, no sorriso daquela Mãe que nessa foto desbotada ainda tem sua idade, e pensará que Ela, sem ser sua filha, padece da mesma assimetria.

poeira de estrelas

(entre tempos)

Era *alto magro quebradiço*. Frágil como a mãe que tinha perdido.

Ele se quebrara muitas vezes. Como se já não estivesse quebrado. Feito em pedaços.

E eram tantos os ossos partidos que os outros perderam a conta ou simplesmente pararam de contar. Tombos de patins, acidente de bicicleta. Aquele mergulho num mar que já tinha baixado. Fissuras nos longos treinamentos para as maratonas que o Primogênito corria todos os anos apesar das suas dores nos ossos.

Ter rolado do topo de um morro. Ter estilhaçado a clavícula.

—

Retrato ósseo. Tecido vivo composto de *cálcio giz fosfato poeira de estrelas* materializados nas chapas de raios x. Esse tecido cinzento vai endurecendo com os anos, vai perdendo vitalidade, vai se tornando frágil como a casca de um ovo com sua clara medula por dentro.

—

O Pai tinha ficado sem bateria. Era um modelo velho, pesado, barulhento o do seu carro, e seu filho era leve e taciturno. E embora Ela não tivesse força, empurrou o máximo que pôde ao lado do Pai enquanto o Primogênito se posicionou junto à janela do motorista, aberta para poder manobrar o volante. A passagem se estreitava entre os troncos da saída e havia um desnível no cascalho que o irmão adolescente não conseguiu contornar: o carro que já ganhava velocidade desviou o rumo e foi contra ele. Contra seu osso do quadril. O rangido da pelve enquanto o automóvel esmagava seu corpo contra o tronco e o irmão desabava.

O último osso a se formar era o que unia as duas metades da pelve. Era o osso inominado. O Pai não recordava que alguém tivesse lhe explicado a origem desse nome que negava a si próprio, só conseguiu lhe dizer que devia ter sido cunhado por algum antigo. Depois de *íleo ísquio acetábulo sacro* deve ter acabado a corda porque não escreveu nem púbis nem cóccix. O Pai deslizou o dedo pelo mapa anatômico e lhe indicou o ponto exato desse osso tardio que o Primogênito fraturara.

Nesse osso: *pinos rebites enxerto ósseo.*

—

Se tivessem feito a soma teriam percebido que com ou sem *colisões atropelamentos tombos de instáveis escadas* era um número exagerado. Foi a Mãe que separou as fraturas dos acidentes que as causaram para examinar seu caso. Uma no pulso esquerdo e no braço direito, o rádio e o cúbito. Um cotovelo em fratura exposta que foi preciso encher de parafusos. A costela que um companheiro de treinamento afundou numa manobra que devia aliviar sua dor nas costas e o deixou várias semanas sem respirar. E a clavícula do tombo. E um tornozelo, o dedo esmagado no batente de uma porta que o Primogênito nem sequer enfaixou. Os quatro metatarsos do dorso do pé. O calcâneo. O pino no quadril. Os quatro meses que passou vegetando numa cama com o tronco engessado. As duas vezes que quebrou o mesmo menisco.

E claro, anotou a Mãe, os dentes da frente que eram outro osso. O Primogênito os perdera ao tropeçar na calçada quando fugia da sua maldade olhando para trás. Queria escapar do empurrão que tinha dado na irmã, do dente da frente que lhe arrancara pela raiz, mas ele acabou quebrando esse mesmo dente mais o vizinho. Não conseguiu aparar a queda com as mãos. Deus castiga mas não mata, disse a Mãe quando o alcançou. Estava estirado no chão, sangrando abundantemente pela boca, mas virou a cabeça e lhe lançou um sorriso banguela. Seu olhar de corvo pousou no ombro da madrasta e em seguida sobre a irmã que vinha atrás, apertando os lábios com as mãos. O fulgor ressentido que então ele dedicava às duas. Já está castigado, pensou a Mãe. Alegrava-se de não ter que esbofeteá-lo.

Ela segurou aquele dente na palma da mão. Observou-o espantada: já o vira tantas vezes no espelho, incisivo em sua boca, engastado na gengiva, mas sobre sua mão parecia um dente alheio. Cuspiu mais um pouco de sangue e tapou o buraco com a ponta do dedo.

Entre todos os dentes tortos da irmã, o falso seria o único alinhado à sua mandíbula. Seu melhor dente, o que não era seu.

—

Ela guardara seu dente da frente numa caixinha que depois perdeu numa mudança. Ou talvez tivesse sido a Mãe quem se desfez da caixa e dos dentes como de tantas outras lembranças.

—

O célebre patologista de um gélido país boreal constatara que os ossos não apenas cresciam, como tinham a capacidade de se esticar. O patologista cortava *fêmures tíbias alegrias* com uma serra, tomando cuidado para não destruir os nervos, separava-os milimetricamente, imobilizava-os numa moldura de metal que ele mesmo tinha inventado, inspirado em aparelhos de tortura medieval, com arames que atravessavam *calos músculos alaridos porcas*; e esperava que o osso preenchesse o espaço vazio e forjasse outro mais comprido. Os dentes, ao contrário, não voltavam a crescer nem se alongavam.

Mas a Mãe a corrigira, alguns dentes cresciam, sim. Os dos ratos se alongavam até doze centímetros por ano, os doze centímetros de osso que limavam roendo *tijolos encanamentos ovos cimento*.

—

A Mãe não chegava a amá-lo por completo e não parava de vigiá-lo porque secretamente o temia. O Primogênito acabava de voltar de um treinamento e desfechava golpes raivosos de machado num frango cru, polvilhava por cima mais um pouco de grosso sal. Seu braço musculoso apoiando-se no nada.

A suspeita de uma anomalia. E se ele fizesse aquilo de propósito? Quebrar os próprios ossos?, devolveu o Pai espantado com a perversa capacidade especulativa da sua mulher. Para chamar a atenção? Tanto osso quebrado não podia ser normal, insistiu a Mãe que costumava rolar por ruas e escadas e ganhava no máximo uma entorse ou algumas dores, mas nunca fraturas, que grávida dos Gêmeos tinha escorregado na chuva e se estatelado com todo o seu peso na entrada da casa, ensanguentando os joelhos. Não tinha uma única fratura em seu esqueleto. Sua única doença óssea era seu joanete esquerdo disforme.

Mas o Pai repeliu a insinuação da sua mulher. O estranho era nunca se quebrar e não queria voltar a escutá-la dizer que o Primogênito tinha um problema, de ossos ou da mente.

Esqueça, insistiu, e nisso foi terminante. Não vou voltar a pedir.

Não por guardar silêncio deixaria de cismar no enigma ósseo do Primogênito. Franzia o cenho e apertava os olhos perguntando-se se aqueles ossos quebráveis podiam resultar do cruzamento de genes entre o Pai e a prima distante que era a verdadeira mãe e também tia dos seus filhos mais velhos. Esses cruzamentos provocavam desordens. A debilidade mental. O mau gênio. A violência. A genética fragilidade dos ossos.

Maus antecedentes genéticos, foi a sentença da Mãe quando Ela lhe falou do rapaz que a convidara para sair. Sem olhar para Ela, enquanto desmontava uma tomada e cortava três fios de cobre, a Mãe o descartou.

—

Ela vislumbrou em sua memória os pequenos Gêmeos desligando juntos um velho transformador, viu-os, segundos depois, de mãos dadas passando o choque elétrico um para o outro.

—

Com exceção do dente, Ela não tinha experiência em ossos quebrados. Não soube interpretar o que fez no pé ao escorregar no gelo, uma manhã na cidade do presente. Aquele estremecimento ao pisar quando se levantou, aquela manqueira. A lenta chegada ao consultório onde a convidaram a se deitar sobre uma mesa de metal e a cobriram com uma manta de chumbo. Ela escondeu as mãos embaixo para protegê-las da radiação. Todo mundo faz isso, sorriu zombeteira a técnica, pegando em suas mãos e afastando-as para os lados. O importante é proteger os tecidos moles.

E teve de reconhecer que a técnica, a cara minada de espinhas, estava certa: até Ela sabia isso. E sabia que as pessoas de outra época tinham sucumbido ao feitiço sensual dos ossos próprios e alheios: poder vê-los tão bem perfilados, luminosos, desprovidos de pele. Quem podia pagar por aquelas radiografias as tirava para dá-las de presente e intercambiá-las e expô-las em sua casa. Sem prever as consequências da sua atividade, os enriquecidos retratistas do interior sofreram queimaduras invalidantes e morreram de câncer. Ou só perderam o olho fotógrafo e as mãos. E Ela enfatizou as mãos piscando para a técnica.

Você entende muito de radiação, comentou a especialista em raios. Não o suficiente, Ela respondeu fitando os dedos que tinham parado de escrever.

—

Supunha-se, todos supunham, e o Pai mais que todos, embora talvez o irmão suspeitasse, que Ela continuava na cidade do presente para terminar o doutorado que a lançaria ao futuro em seu país do passado.

Acabei de pensar em você, estava me mandando sinais?, Ela mentiu ao ouvir a voz dele amortecida pela longa distância. O Primogênito atalhou essa pergunta com um anúncio sumário: viajaria para visitá-la na semana seguinte. Ela sabia que não viria para vê-la e sim para correr uma maratona por *ruas pontes sem saída túneis escuros buracos* sinalizados em todas as línguas do planeta. Ela teria um colchão onde ele pudesse deitar os ossos por uma ou duas noites? Quantas você quiser, respondeu temendo que o encontro reavivasse o rancor que sempre tiveram um pelo outro. Mas mesmo assustada por essa incerteza, armou para o irmão uma cama suplementar em seu apartamento compartilhado e a colocou ao lado da sua.

E foi esperá-lo no aeroporto e o recebeu com um abraço inesperado que seu irmão recebeu com rigidez. Não sabia muito bem o que fariam depois. Como falaria com aquele irmão do presente com quem não falara o suficiente no passado. Seu irmão só se dirigira a Ela com as mãos, a golpes.

Juntos e sozinhos, *comendo dormindo roncando rindo aos gritos*, nunca tinham estado.

Os dois haviam sido universos paralelos deslocando-se para o futuro.

—

Só conseguia recordar-se acordando no meio da noite com a resposta para um problema de álgebra que não conseguira resolver durante o dia. 24, pensava, ou 56, enquanto no quarto ao lado ouvia o Primogênito rolando na cama ou rangendo os dentes. Sentia-se acompanhada.

—

Contaria, Ela, cenas da vida em família que o Primogênito perdera quando foi morar no sul, falaria de ratos mumificados no sótão para não lhe dizer que sua partida tinha sido um alívio.

Contaria, o Primogênito, que seus anos de estudante austral foram os piores da sua vida. O Pai queria que ele saísse de casa mas o deixou ir sem um peso no bolso ignorando os reparos da Mãe que, apesar das diferenças com aquele filho difícil, preferia que ele tivesse ficado ou que saísse com uma mesada. Arisco do jeito que era, aquele menino não faria amigos e no desespero poderia cair nas drogas, mas o Pai respondeu que isso já não era problema seu, que poderia ser bom para o Primogênito não receber nenhuma ajuda, e quando a Mãe começou a chorar ele disse que além de o filho não merecer suas lágrimas não tinha dinheiro para sustentá-lo em outra cidade. Eu sei que não era verdade, disse o irmão, em algum lugar o Pai devia ter muito dinheiro, o dinheiro que minha mãe deixou, disse, mas eu nunca vi um centavo dessa herança, disse, para você ele deu algum?, e lançou um olhar maldoso que Ela não conseguiu sustentar e baixou os olhos para que não visse sua vergonha, para você ele deu dinheiro quando veio para cá, não é?, mas Ela negou com a cabeça e com a vista ainda no chão murmurou que tinha conseguido uma bolsa.

Naquele tempo, disse o irmão, ele estudava aproveitando a iluminação pública para não gastar com luz. Encostado num poste, ia pegando no sono até que o livro caía das suas mãos e ele acordava. Passava muito frio, comia pouco, quase sempre ovo frito com pão. Uma vez, enquanto o óleo esquentava, o Primogênito se virou para pegar o último ovo da caixa quando um rato pulou para dentro da frigideira cheia de óleo fervente. Guinchava inflamado, se retorcia, fumegava diante do Primogênito que o observava imóvel. Os pequenos olhos. O rabo apontava na borda e o óleo ainda crepitava na frigideira. Apagou o fogo, por fim, virou-se e comeu o ovo completamente cru.

Depois pegou a frigideira pelo cabo e a jogou no lixo com o rato esturricado, já frio.

—

A Mãe não vivia falando que os roedores eram espertos que só?, sua voz encrespada, seu olhar veloz. A irmã lembrou-se de que em todas as espécies havia suicidas.

—

E juntos recordaram o dia em que Ela entrou na cozinha justo quando ele mostrava à Mãe um joelho ralado. A Mãe exclamou que estava cheio de pus. Finalmente a Mãe cometia o erro que tantas vezes lhe corrigira. Não é pus que se diz, mamãe, disse afinando sua voz de sete anos. O certo é pois.

Sua vida era uma sucessão de erros 400 impossíveis de reparar.

—

E lhe apresentou a companheira que morava no apartamento que Ela deixaria dali a um ano. Era alta e tão magra que enfiava meias dentro do sutiã como enchimento, e não sorria mas talvez por isso mesmo, porque ele também não sabia sorrir, seu irmão pudesse se interessar por sua companheira ossuda. A companheira de lábios apertados numa linha, que escrevia na tela sem descanso e com a mesma fúria coçava a cabeça sob a maçaroca de dreadlocks. Você vai se machucar, observou o Primogênito que em todos aqueles dias evitou encostar nela ou na poltrona da sala. Não queria pegar seus piolhos.

—

Durante aqueles breves dias da sua visita ao presente, Ela quis levar o Primogênito a um espetáculo que não encontraria na cidade do passado. Viajaram de metrô até o afastado circo de curiosidades, e lá estava ainda aquele contorcionista alto e magro como seu irmão, os mesmos braços, as mesmas coxas magras, mas o rosto vazio e mechas tão duras de gel que pareciam lançadas em diferentes direções que venciam a força da gravidade. O elástico contorcionista se dobrava para trás e se esticava e se enlaçava com as próprias pernas e saía do nó do seu corpo por outro extremo e reassumia a forma humana. Era capaz de serpentear ao redor de uma cadeira e de passar por dentro de um cabide. Apoiou a palma de uma das mãos sobre um copo de vidro e, forçando o dorso com o cotovelo, introduziu-a inteira com os dedos virados para cima. Ela observava atentamente as reações do Primogênito, procurava nele *surpresa nojo insustentável cumplicidade*, mas seu irmão tinha estudado esse caso em suas aulas de fisioterapia e o contorcionista não o impressionou. Só lhe interessavam os atletas contundidos por distensões musculares, rupturas de ligamentos, inflamações ou entorses causadas por trincas nos ossos ou desgaste da cartilagem. Não aqueles estiramentos rocambolescos do tecido conjuntivo.

O Pai agourou que o contorcionista morreria cedo. Mas ele é jovem demais para morrer, Ela respondeu, confusa e frustrada pela guinada que o Pai acabava de dar na conversa telefônica que tiveram logo depois da partida do Primogênito. Do que ele vai morrer? O contorcionista não era um virtuose, disse o Pai, era um doente. Nele era fraca a cola que mantinha em funcionamento *órgãos nervos átomos máquinas de costura*. Mais cedo do que tarde seu coração estouraria.

Era essa a especialidade do Pai: lavrar atestados de óbitos futuros.

—

A cada mil pessoas mortas por ano, apenas 1,9 morria de doenças do sistema tegumentar, esquelético e muscular, enquanto 17,7 morriam de doenças do sistema nervoso. Do sistema digestivo, quase 42; do sistema respiratório, 53,5; mas do circulatório morriam 398,8. Sabia-se do que essas pessoas morriam, o que ninguém dizia era onde.

—

História da extinção. O sistema solar se apagaria em cerca de cinco bilhões de anos humanos a não ser que antes disso a força gravitacional deslocasse a órbita dos planetas e provocasse sua colisão. A terra colidiria com mercúrio ou com marte e viraria uma enorme estrela vermelha onde ninguém poderia sobreviver. É improvável que isso ocorra mas não impossível, Ela explicou ao irmão para demonstrar que entendia a lógica do universo.

—

Eu nunca imaginaria que você um dia pretendesse escrever uma tese, você que sempre foi disléxica, diz o Primogênito. Eu nunca fui disléxica, Ela retruca, você que me perseguia, me batia, me fazia gaguejar, e eu era um pouco avoada mas os astros sempre me interessaram. O Primogênito disfarça a rivalidade com sua irmã dizendo certo, mas isso não basta para tirar um diploma, eu não vejo você escrevendo uma tese de doutorado. E nisso foi terminante. Ela também não se via acabando seu doutorado mas se amarraria à cadeira se fosse preciso. E como é que vai essa tese? O Primogênito é insistente. Seu Pai só faz falar dessa tal tese que ninguém entende. Mas até então ninguém tinha feito essa pergunta a Ela, esse interrogatório. Nem seu Pai, que simplesmente consentira em lhe entregar suas economias. Ela morde o lábio enquanto seu irmão diz, até em sonhos ele fala do seu doutorado, como se tivesse apostado a vida nisso.

—

Ela lhe estendeu a panela cheia de macarrão que ele deveria despachar nessa noite, antes da maratona. Comeu devagar, como se provasse um a um cada talharim, até que soltou um longo suspiro e Ela entendeu que dali a algumas horas dariam a largada e o veria partir, esgueirar-se em meio aos corredores sem dar um aceno, sem olhar para trás, sem se lembrar d'Ela. Imaginou sua cabeça centrifugada destacando-se das outras, seu cabelo crespo agitado pela ventania, o número estampado em seu peito. A quem ele havia puxado tão alto e arredio, pensou, e continuou pensando no vazio que seu irmão deixaria n'Ela ao sumir entre a multidão.

Levantou-se o vento *cirro cumulus variação atmosférica*. O rio, preto de óleo, rajado de ratazanas. E no estrépito de passos, de tênis e cordões açoitando o cimento, de ofegos vociferações e aplausos, Ela voltaria a escutar o eco da sua pergunta.

Esqueceu?

Como esquecer os castigos do irmão mais velho à menor provocação. As rasteiras. O dente da frente que nunca recuperou. Os *cascudos empurrões golpes baixos*, os roxos estampados em partes do seu corpo que o Pai não pudesse ver.

Deixava o irmão lhe bater como se cada pancada pudesse curar uma ferida anterior.

—

Lá estava ele, na cama suplementar, acompanhando-a com seu ronco.

O corpo análogo e mortal do seu irmão era acompanhado por outro corpo digital que não chegava a redimi-lo. Ele se refugiara nos aplicativos do seu celular. Um para mediar sua respiração e informar se tinha dormido bem, outro para indicar a rota, contar cada passo caminhado e calcular sua velocidade por trechos, a temperatura média do corpo, os batimentos, a pressão arterial. Encaixava um par de fones nos ouvidos e treinava sua resistência cindido do mundo e de si, porque só confiava nos aparelhos. Ela tentou lhe mandar uma mensagem de

reconciliação mas seu celular o transcreveu na língua errada.
Ah errou pios limpo eu, ai lábio.

O celular fazia como Ela quando, no passado, tentava cantar músicas que pareciam escritas em línguas de outros planetas.

—

Esqueceu?

Podia ouvir o passado repetindo-se como um eco. Ouvia o irmão chamá-la de matona ou mamatona sem entender o que queria dizer nem por que o Pai o mandava calar a boca. Por que o Primogênito desafiava o Pai e continuava a lançar contra Ela aquele dardo de mãe e de morte, matona, mamatona. Por que o Pai perdeu a cabeça daquela vez, por que o agarrou pelo cotovelo e lhe deu uma chave que deslocou seu ombro e lhe calou a boca de uma vez por todas.

O Pai perdia a cabeça de vez em quando. Aquela vez no elevador quando quase arrancou o braço d'Ela.

Em que andar a gente morava naquela época?, Ela pergunta. No sexto, acho, escreve a Mãe que depois de alguns meses no velho apartamento e já grávida dos Gêmeos forçou a família a se mudar para uma casa espaçosa e arborizada que sentisse como apenas sua. O apartamento era o 628, completa o Pai que nunca esqueceria onde viveu com sua prima, a já remota esposa morta.

—

Ela ainda sonha dentro de elevadores. Um dos seus pesadelos recorrentes: o mecanismo trava e de dentro, de muito dentro, do reverso de umas portas transparentes, Ela vê pessoas conversando ou escutando música em seus fones enquanto esperam para subir sem ver que Ela esmurra as paredes por dentro pedindo socorro.

Sonhos diferentes, o mesmo período. O sonho do elevador que não sobe nem desce mas desliza pelo interior oco das paredes, por baixo do piso, e sai ejetado por uma lateral do prédio. Ela se salva da queda acordando. O sonho do elevador que sobe acelerando loucamente até atravessar o topo do arranha-céu como uma cápsula espacial resistente à gravidade. O sonho de não conseguir entrar no elevador porque há uma mulher caída obstruindo a porta, *corpulenta nua coberta de merda*.

—

Sua Amiga, que na época estagiava no serviço de psiquiatria, sugeriu que talvez estivesse sonhando com sua mãe morta. Você não perde a chance de me lembrar dela, respondeu molhando os dedos em sua taça de vinho e espirrando em seu rosto. Como meu irmão, um pesadelo.

—

Foi um caso estranho aquela morte na sala de parto. Até na ditadura era raro morrer assim. As mulheres davam à luz nas circunstâncias mais adversas, morriam de outras violências.

Morria no parto uma mulher a cada vinte, disse a Mãe, sigilosa, e a filha se convenceu de que havia feito da sua mãe uma confirmação da estatística.

—

A Amiga afirmou com absoluta certeza que, quando uma mãe morria no parto, seu recém-nascido era entregue secretamente a outra família.

—

O Pai voltou do hospital com a filha recém-nascida no colo. Entregou-a à Senhora que não fez mais que cobrir a boca com as mãos enquanto seus braços apertavam aquele bebê desnutrido contra o peito.

Ficou atrás como um gemido, a Senhora. O Pai avançou até a mesa e se sentou e apoiou os cotovelos e murmurou alguma coisa, entre dentes, entre lábios, e depois emudeceu como se já tivesse dito tudo o que devia dizer ao filho. Nunca voltou a mencioná-la, envolveu-a nas dobras do seu *cérebro tripa esquecimento*.

Isso o filho também não podia perdoar. A ausência da sua mãe era um órgão que continuava a secretar angústia dentro do seu corpo.

—

Foi a Senhora quem lhe explicou por que sua mãezinha não tinha voltado do hospital. O menino não queria saber de nada e queria saber de tudo mas o frio daquelas palavras o navalhava. E então a Senhora tentou consolar o menino mas ele era rápido e conseguiu escapulir do seu abraço.

Abraçar outra mulher era uma forma de deslealdade.

—

Quase nove anos tinha o Primogênito quando perdeu a mãe, que para ele seria para sempre a única. Chegou a amar um pouco a substituta mas nunca a chamaria de mãe.

Amá-la antes. Amá-la depois. Amá-la agora e nunca mais amá-la, não nesse tempo. Porque esse tempo era sempre o tempo errado. Nunca o tempo de amar.

—

O Primogênito acusava a irmã de ter abortado sua mãezinha no parto, de ter adotado aquela outra mulher. Mas aquela outra mulher era mais Mãe d'Ela que o corpo que a abrigara até despejá-la no mundo.

—

Ela recordaria ao Primogênito seus velhos golpes daquela vez, naquele bar. Ele se escudou em sua taça de vinho e sua língua pesada de passado, eu fui tão rato assim? Armou um sorriso mesquinho no qual Ela viu o ressentimento, a raiva, o ciúme nunca resolvido do irmão. Você foi muito rato, sim, muitos ratos, Ela replicou sentindo a voz se envenenar, porque haviam sido muitos os anos em que seu irmão se desforrara n'Ela. Mas os ratos viviam apenas 21 meses, se ninguém tratava de liquidá-los antes, e seu irmão continuava vivo.

Continuava sendo um irmão difícil, um osso duro de roer.

Parecia não ter se abalado mas Ela notou seu leve adejo nasal, a vibração da sua pálpebra, um pássaro carniceiro atravessando sua consciência.

—

Anos mais tarde, cada vez que Ele levantasse a sola de um sapato diante do seu rosto, Ela pensaria no rato do irmão. Ela prometeria a si mesma denunciá-lo se chegasse a tocá-la, sem entender que não precisaria do golpe para ir embora.

Seu irmão é que tinha ido embora de casa, isso a salvara.

—

Não assistir à televisão era sua desculpa. Se a assistisse teria mudado de canal para não ver o Pai recomendando aspirinas a todo o país. A insuportável segurança do Pai em sua casa, em seu consultório, na tela do televisor com sua caixinha de aspirinas entre os dedos.

O Primogênito tomava apenas dipirona quando a pressão atmosférica variava. Porque sentia dores nos ossos. Porque seus ossos sustentavam colunas de ar que pesavam como chumbo, seus ossos cheios de medula. Nunca tomaria aqueles outros analgésicos que afinavam o sangue. Porque era desse sangue exagerado que sua mãe tinha morrido.

Comia pouco e às pressas, terminava antes dos irmãos, abandonava a mesa com seu prato vazio. A família nem tomava conhecimento, embasbacada como estava diante da tela em branco e preto que passava telenovelas em vez de notícias do que acontecia. E deixava seu prato na cozinha e saía de casa e cruzava o portão deixando-o aberto ao vento, e sem alongar os músculos nem se aquecer se lançava para a rua e corria pelas quilométricas avenidas até o parque e subia a colina íngreme. E se não estivesse exausto adentrava pelo caminho de trás e trepava com as mãos na terra e nas árvores magras, arrancando cascas, mato, espinhos, até alcançar, no topo, uma virgem espigada de gesso com os braços estendidos e a cabeça inclinada outorgando o perdão não se sabia a quem. Desprezava sua farsa bondosa, deixava uma cuspada na barra do seu vestido antes de iniciar a descida deixando que o vento cravasse nele suas agulhas, coberto de *barro pulgas abelhas suicidas* e arranhões, seu irmão picado de tarântula, coberto de velhas crostas.

Seu irmão, amestrado pelo rancor, treinava para a vida adulta.

—

Ia moendo os joelhos, devastando as articulações. Sempre voltava à mesma casa, à mesma mesa com o mesmo televisor em branco e preto que todos juntos ressuscitavam aos socos, para voltar a empreender sua fuga supersônica.

O rato do irmão, correndo dentro da roda, acreditando que avança dentro da sua gaiola.

Para não ficar naquela sala com todos os traidores e estranhos que o consideravam parte da família, o Primogênito arrumou uma bicicleta desconjuntada para passar mais horas ainda percorrendo a cidade e, quando isso já não bastou, pedalou até o lago dos subúrbios onde aprenderia a nadar.

Nadar contra a corrente, nunca a favor.

—

Todos reunidos esperando o Pai aparecer na tela, como uma estrela momentânea. Um sorriso atravessando o rosto d'Ela. Os Gêmeos com suas colheres cheias de papa, bocas abertas, olhares absortos. A Mãe dizendo, comam crianças, que vai esfriar.

A Mãe impostora que pretendia apagar nele a lembrança da própria.

—

Esse menino está com o bicho-carpinteiro, dizia a Mãe antes de dizer, mais tarde, quando ele começasse a se quebrar, que tinha ossos de louça. Seu filho de porcelana, a Mãe o chamava às escondidas do Pai. Seu filho trincado, e baixava a voz para não ser ouvida pelo Primogênito que nunca a escutaria porque já estava longe demais.

Estava tirando a ferrugem das articulações em cada pedalada e em cada braçada, era isso que ele dizia, dizia ferrugem, e outras vezes dizia que estava lubrificando as juntas.

Correr querendo alcançar a mãe que o deixara para trás. Sofrer de músculos endurecidos pelo ácido láctico. Descobrir que essa substância dolorosa, o lactato, também se encontrava no leite materno.

—

Ela o esperou junto à linha de chegada e vendo que arrastava a perna o convidou a se sentar numa calçada próxima de onde viram chegar, trotando, tropeçando, caminhando, os últimos corredores da maratona. Cheirava à terra suada e a cimento, o Primogênito, cheirava a desconhecido. A alguém que já não precisava de ninguém, capaz de prescindir de todos.

E no entanto ele teve que se apoiar n'Ela ao se levantar. Foi a pressão atmosférica que mudou de repente, por isso estava com dificuldade de caminhar. Foi o que ele disse. Deixe de ser bobo, Ela murmurou parando um táxi.

—

O que ele ia estudar, medicina? O Primogênito deteve o garfo sobre a torta de acelga e respondeu que detestava essa profissão de charlatães. Só sabiam pôr nomes em tudo aquilo que não conseguiam curar. E olhou de soslaio para o Pai, mudo, magoado pela frase. O Pai destroçado pelo filho. A Mãe engoliu o purê que tinha na boca como se fosse terra. Ninguém a matou. Ninguém a deixou morrer. Quando é que você vai entender isso? Cada um morre como pode. A Mãe sabia que isso não era verdade mas cravou nele uns olhos iracundos e viu como o rosto do filho se ensombrecia acima da barba incipiente e abaixo das sobrancelhas arrepiadas. Vibravam os ossos do seu crânio. Seu peito subia e descia, hiperventilando. Estava cheio de oxigênio. Ia estourar. Apoiou as palmas das mãos sobre a toalha por um, dois, meio segundo, de repente se levantou jogando a cadeira para trás e saiu *correndo correndo correndo correndo correndo* como se fugisse de uma peste.

Aquela casa era o depósito de tudo o que nunca seria dele. Era habitada pela impostora e pela traidora da irmã e pelos outros filhos que só eram meio-irmãos dele. Aquela casa não era o pequeno apartamento do sexto andar onde tivera sua única mãe.

—

Foi essa a época em que começou a praticar esportes de risco. A época em que acabou quebrando os demais ossos. A época em que temeram por sua vida.

Alguém tem que morrer para que um esporte seja de risco, Ele observou. Se seu irmão tivesse morrido seria em seus próprios termos. Cala a boca, Ela o interrompeu, não vê que seu cadáver teria caído sobre mim?

—

Embora esteja nevando, os pássaros cantam a plenos pulmões. Embora seja noite, a luz, branca, brilhante, refletida na neve, os confunde, não sabem que horas são. É o que Ela explica ao Primogênito e em seguida explica mais. Na torre construída no lugar da que desabou por causa do ataque foram apontados ao céu canhões de luz potentes para iluminar a rota da multidão de almas penadas. Esses feixes interrompiam a rota migratória dos pássaros e milhares deles ficavam enredados na luz, girando *drogados alucinados interrogados por lâmpadas estridentes*, batendo ruidosamente suas asas arrítmicas. Presos na luz, acabavam despencando do ar, ao amanhecer.

Pássaros infartados que explodiam contra o pavimento.

—

Conjetura do calo ósseo. Ela imaginara que o esqueleto do Primogênito devia estar coberto de duras cicatrizes mas Ele explica que esses calos são crostas que desmancham à medida que o osso recupera sua forma. É por isso que as fraturas do passado não são fáceis de detectar à contraluz. Mas se não ficam rastros, por que os ossos doem? Seu irmão geme de dor quando se arma um temporal e estala quando sai o sol. Virou um especialista em prever as mínimas variações da pressão atmosférica.

Como você está dos ossos?, Ele perguntava pelo telefone toda vez que Ela ligava para o irmão mais velho, no último domingo do mês. Tratava de garantir que Ele estivesse em casa e insistia em que o cumprimentasse perguntando por seu sistema ósseo. Ela procurando para sempre emendar a fratura da infância.

—

Estavam comendo empanadas no centro da cidade pretérita, ao lado do museu onde todos os anos se realizava o congresso de direitos humanos ao qual Ele estava assistindo. Quais são os piores ossos?, disparou o Primogênito separando o caroço de uma azeitona. Ele não precisou pensar e só demorou sua resposta porque estava dando um gole em sua cerveja. Os corroídos por ácido sulfúrico.

Era disso que Ele falaria naquela tarde, de gente que não morria *marretada quebrada sufocada terra insone* e sim desintegrada por esse ácido de uso industrial.

—

Lembra daquela vala imunda, na casa da sua avó? Ela estava abrindo as cortinas, os figos que lavávamos, ou melhor, sujávamos lá? Estávamos adquirindo imunidade, respondeu a voz medicada da Amiga, sua língua enrolada depois de tantos anos. Seu rosto descomposto, o batom borrado como nos lábios da avó que Ela ainda podia ver com a poeira do caminho grudada nas bochechas. E quando sua avó nos pegou atirando ovos em plena ditadura, lembra?

Era necessário que ela recordasse aquele tempo e se esquecesse de outros.

E talvez fosse melhor não lhe recordar agora o tronco de larício onde a Amiga lhe ensinou a teoria dos anéis concêntricos que permitia calcular a idade da árvore. Nos anéis do tronco podiam ser lidas as mudanças ocorridas na terra durante seu crescimento, dissera com sua voz aguda de menina. As temporadas de seca, os anos de insolação. E plantara um dedo sobre o círculo mais próximo da casca. Aqui desapareceram meus pais, disse muito séria e ficou calada com a unha cravada naquela linha. Isso, acrescentou desafiante, suas estrelas não registram. De nada adiantou nomeá-las. Ela então não soube o que dizer, mas vendo-a agora afundada numa poltrona, aqueles dedos agora mais longos, aquela mão descarnada atravessada de veias, quis resgatá-la da ditadura que voltava para destruí-la; quis sacudir sua roupa, abrir suas persianas e desembaçar o vidro com o punho da manga, quis apontar para os astros que as duas comtemplaram e compartilharam. Porque era fato que algumas estrelas já estavam extintas, que sua luz não passava de alucinação. Queria dizer à Amiga que aceitasse o fato de que seus pais pertenciam ao passado, que elas mesmas pertenciam a outro tempo e não estariam quando alguém as olhasse do futuro acreditando que ainda estavam lá. Seriam uma miragem. Mas dizer isso não ajudaria a sossegar os neurônios da sua Amiga, faiscando em plena crise.

Estava se recuperando de um colapso nervoso completamente atemporal.

Acabavam de lhe entregar os ossos, acabavam de encontrá-los.

—

Toda sexta-feira a Prima ficava para dormir na cama d'Ela enquanto Ela, que nunca voltara a lhe dirigir a palavra desde que a salvara das ondas, que não queria voltar a vê-la, que tinha sepultado seu maiô e seus frascos de areia e conchinhas no fundo do guarda-roupa, ia passar a noite no pátio estrelado da sua Amiga.

—

A Prima e o Primogênito afivelavam as quatro rodas a seus tênis e cruzavam as avenidas sobre patins sem freios. Os dois se jogavam do alto de uma rua pavimentada. De mãos dadas, rolando ladeira abaixo com os braços estendidos, eram pássaros algorítmicos alçando seu voo naquele sábado em que avistaram terra e cascalho no final da descida e da rua, de calçada a calçada. Espalhados no barro viram pedregulhos pontudos, mas naquela velocidade era impossível parar.

Estirada sobre a rua, engoliu terra e cuspiu o nome do seu primo sem se atrever a olhar em que condições ele estava. Levantou-se devagar, sentindo que o braço girava sobre si mesmo num ângulo improvável e quando o olhou viu, pelo rasgo da manga, que tinha uma pedra fincada nele. Tentou retirá-la mas não conseguiu, porque não era uma pedra e sim a ponta do seu osso quebrado, o *rádio cúbito dorsal* furando sua pele.

Não saber identificar os próprios ossos.

Era apenas o rádio que estava quebrado. O Primogênito pensou nos raios da sua bicicleta, em *eixos luxados pinhões pneus furados*, na impossibilidade da fuga. Ela pensou, escutando a descrição que seu Pai fazia daquele braço ferido, na velocidade radial das estrelas.

—

Operaram o braço da Prima instalando placas e arruelas, e o costuraram e engessaram. Mas o gesso ficou apertado demais e ela foi perdendo a sensibilidade da mão. Aquela Prima altiva que roía as unhas e a pele em volta, foi mordendo os dedos até sangrar, arrancando as crostas sem sentir nada e continuou a fazer isso até seus dentes tocarem em algo muito duro.

Retrato de um osso amputado do qual não restou nada a dizer.

—

Algumas pessoas sofriam transtornos do sistema nervoso que inibiam a percepção da dor. Como cegos ou surdos do tato, essas pessoas se cortavam e se queimavam e só paravam quando viam o estrago ou sentiam seu cheiro. Essas pessoas morriam jovens, sentenciou seu Pai. Afinal, havia uma razão para a dor existir.

Morrer jovem, costumava murmurar o Pai que já era velho e continuava vivo. Jovem morrera sua primeira mulher.

Estranho era o Primogênito ter se esquivado de tantas ferramentas da morte. As tomadas e os fios soltos. As janelas e suas sacadas. Os vidros limpos demais. Os tapetes escorregadios. Escadas e degraus. Cintos no pescoço. Cordas. Serpentinas. Facas, colheres, palitos de dente cravados na garganta. Escovas de dentes enterradas na jugular. Balas perdidas. Pistolas carregadas. Estilhaços. Fogo. Fumaça irrespirável. Gás inodoro. Sacos plásticos na cabeça e travesseiros na boca. Produtos de limpeza consumidos com avidez. Veneno. Inseticida. Aranhas de canto de parede. Cobras cheias de peçonha. Cachorros loucos. Muros abalados pela terra e frágeis marquises que desabam sem aviso. Galhos que despencam sem aviso. Aviões que caem, sem aviso. Trens que batem ou descarrilam. Gelos vidrentos. Ruas molhadas, avenidas em curva, estradas sem acostamento e automóveis enormes e ínfimos. Caminhões escuros parados na neblina. Bicicletas aceleradas em sentido contrário. Quebra-molas e valetas. Passagens de pedestre. Dê passagem. Placas de pare que não se respeitam. Semáforos no vermelho ou no amarelo. Ondas de mar bravo. Piscinas transbordadas ou vazias. Genes falhados. Germes de toda índole aprontando das suas. Comprimidos para dormir. Overdose. Alergia. Crises de asma, ou de tristeza.

—

A Prima achou que ia morrer com tanto ferro atarraxado em seu braço sem saber quanto titânio carregava o Primogênito.

—

O Pai o repreendeu por pôr em risco a vida da Prima. De onde você tirou essa ideia? Do mesmo lugar que você com a da minha mãe, respondeu o filho mais velho refugiado em sua armadura de gesso.

Pai e filho estalaram os dedos em silêncio. O que poderiam ter dito com palavras disseram-se em chave óssea.

Alguma vez, no futuro, chegariam à medula da questão.

—

A tarde já se desmanchava sobre a praia e o Primogênito escalou umas rochas ásperas, equilibradas umas sobre as outras, para mergulhar no mar. Abaixo se encrespavam as ondas altas e limpas, quase sem espuma, mas a maré já começava a baixar, aquelas ondas foram recuando e pareceu que a própria água encolhia, que o oceano secava até restar apenas o monturo de areia pedregosa e de moluscos agarrados ao fundo, algas, peixes *acerados adejando sufocadas as guelras de sal*, e estrelas-do-mar vivas e mortas avançando sub-reptícias por aquele nada em que o Primogênito, dando uma cambalhota no ar e esticando-se no vento, fossilizado agora de pavor, estava a ponto de rachar a cabeça.

O salva-vidas o viu de longe e em seguida de perto, corpo a corpo, chegou levantando areia com os calcanhares quando alguém já chamara uma ambulância. Deitaram-no na praia e lhe perguntaram seu próprio nome, que teve dificuldade para recordar.

Eram verões com toque de recolher e a quilômetros de distância o Pai, que já estava há algum tempo sem notícias do filho, recebeu uma chamada de urgência, e disse, sim, sim, é meu filho mais velho, baixando a voz até torná-la inaudível, onde ele está?, aonde o levaram?, e sem perguntar se estava vivo apanhou as chaves do carro e disse vamos, vamos, se agasalhe, e a Mãe vestiu um casaco de lã empelotada e sem um dos botões e os dois partiram velozes para o litoral. Viajaram sem se fazer nenhuma pergunta ou talvez apenas uma muito breve, TCE?, apenas três letras com interrogação porque não havia mais o que dizer, TCE, mas não era um TCE sem adjetivo e sim um TCE fechado como aquela noite já quase fechada e chegando à hora em que não se podia circular pelas estradas do país sem correr um risco enorme. O Pai não pensava nem na hora nem na proibição mas naquela cabeça fechada, inchada, sangrando por dentro, e acelerou entre morros e encostas e curvas ainda mais fechadas, sem *lua luzes boca de lobo*, sem carros na direção contrária e muito menos gente. Não viram nada além do vira-lata que saltou do acostamento e os olhou com olhos vermelhos e se deixou ofuscar pelos faróis altos e pelo golpe seco e fulminante. Porque o Pai em vez de se desviar ou de frear acelerou sobre seu cadáver decidido a nem olhar pelo retrovisor.

Ao chegar ao hospital e desligar o motor e descer do carro e desentorpecer os nervos empedrados das suas costas, ouviu sua mulher dizer que com a pancada tinha caído o para-choque da frente. Era para isso que estava aí, respondeu o Pai sem olhar, apertando o passo rumo à sala de emergência.

—

Em vez de se fecharem numa linha, as cicatrizes da Prima foram se alongando e encarnando. Envolveram seu braço numa manga elástica com placas de metal para empurrar aqueles cordões salientes que nunca desapareceriam.

O queloide foi descrito pelos antigos mas foram os modernos que lhe deram um nome canceroso próximo a cancroide, que remetia a algo que o queloide não era. Porque não se trata de um câncer nem de um tumor, ainda que sua grossura se deva à frenética reprodução das células. A Prima sempre fora propensa a essas lesões: sua *fibra pele crosta horror* transbordava ultrapassando os limites da ferida original.

A Prima achava que nem todos os ferimentos deviam cicatrizar e que nem todas as cicatrizes eram feias, por mais grossas, rugosas, duras que fossem. Ela faria daquela parte sua graça. Quando viam seu braço arregaçado e queriam saber o que lhe acontecera, a Prima declarava, sem se abalar, que tinha sido esfaqueada pela mãe. Ou apanhada pela linha de uma pipa com cerol que aterrissara numa sacada. Ou mordida por um cachorro louco, que só a soltou quando lhe acertaram um tiro. Chegou a dizer que tinha sido atacada por tubarões no mesmo mar revolto em que uma vez, de fato, quase se afogou.

—

Ele acabou contando ao Primogênito a charada que seu dentista lhe apresentara. Sabendo que meu campo é a identificação de ossos, me perguntou: como se sabe se alguém estava vivo ou morto no momento em que caiu de um prédio. Não feche a boca, ordenou com o polegar apertando a coroa contra minha gengiva e com a mão enfiada até a garganta, e eu, Ele continuou, mais do que pensar no corpo que caía vivo ou morto pensei nessa mania detestável de nos fazerem perguntas quando não podemos responder. O dentista fez uma pausa dramática, como se eu não soubesse a resposta, Ele disse enquanto o Primogênito contraía os lábios e esticava um dedo para desenhar no ar um sinal de interrogação. E Ele então assegurou que qualquer forense sabia a resposta. Se os pulsos da pessoa estiverem quebrados é que ao cair ela estava viva. Todos colocamos as mãos para a frente ao cair, por instinto. Só não as colocamos se estivermos mortos.

O Primogênito sorriu indeciso. Ele nunca punha as mãos, e sim os cotovelos. Anos atrás um dos seus tinha sido reconstituído com *placas pinos arame farpado* de aço inoxidável.

—

Naquele tombo com a Prima, o Primogênito esmigalhou o cotovelo e fraturou o ombro. E apesar da proibição, saía para correr com o torso de cal nos costados.

—

Retrato do cotovelo. Articulação instrumental. Dobradiça do braço. Junta encourada. Da vestimenta de pele, o canto mais enrugado, mais envelhecido, mais tatuado de quedas. Sua estranheza consiste em dobrar-se para trás enquanto o resto do corpo aponta para a frente.

—

Os homens pensam porque têm mãos, afirmavam os poetas antigos. Num tempo mais próximo, outros pensadores sugeriram que os homens, mas não as mulheres, se movimentam porque precisam de alguma coisa. Era a versão de um ditado que o Pai já havia proferido alguma vez: a necessidade cria o órgão.

Os Gêmeos não caminhavam, não se erguiam, não mostravam a menor vontade de engatinhar; passavam os dias deitados de costas fitando atentamente seus dois pares de pés, a multiplicação cinemática dos dedos. Preocupada, a Mãe pediu ao neurologista do seu hospital que os examinasse. O que eles têm é preguiça, diagnosticou seu colega tirando os óculos quadrados e passando uma mão pelos cabelos brancos. Obrigue-os.

Quem assumiu a tarefa de fazê-los engatinhar, erguer-se e começar a caminhar foi o Primogênito. Dava-lhes doces como recompensa.

—

O Primogênito disse que podia empatizar com a angústia dos desaparecimentos porque se sentia próximo dessa perda. Só que você sabe o que aconteceu com o corpo da sua mãe, sabe onde ela está enterrada, pode visitá-la, Ele retrucou, e enquanto falava percebeu que Ela nunca tinha mencionado onde a mãe estava enterrada, que talvez nenhum dos dois soubesse. O Primogênito estava pálido.

Magro e áspero como um arame, montou em sua bicicleta e acelerou, saindo do seu caminho rumo ao centro para se dirigir ao cemitério. Tinha perdido anos no caminho e agora dava passos apressados entre panteões centenários e mausoléus e nichos salpicados de flores secas, sempre-vivas, até que num meandro encontrou o túmulo que continha sua mãe. Seu nome completo inscrito na pedra o desconcertou, as duas datas indicando os parcos anos que chegou a completar, a idade que não chegou a ter. Calculou há quanto tempo sua mãe apodrecia ali sozinha embaixo da lápide, os *séculos vermes ventos invernais* levantando-se com a mãe nos declives, suas células confundidas com as imundícies da cidade. E de onde tinham saído todos aqueles crisântemos brancos que somavam seu aroma ao cheiro intoxicante do cemitério? Eram tantos, pareciam tão frescos. Passou uma mão pelos cabelos e os jogou para trás. Ao longe um zelador de calças arregaçadas e alpargatas regava ramalhetes de cravos. Lírios, nardos e mato enquistado em lápides de granito. Aproximou-se sem cumprimentá-lo, sem olhá-lo no rosto, estalou os dedos um por um enquanto se decidia a lhe perguntar, com voz de além-túmulo, se o senhor saberia quem tinha deixado aquelas flores nos vasos de cristal, os da terceira lápide à direita. O velho contou as lápides para trás e assentiu, ah, sim, claro, é a dama, oras, como se quem perguntava soubesse quem era essa tal dama que ia visitar sua mãe. E abrindo trabalhosamente as mãos rachadas pelo sol o zelador descreveu uma mulher baixa e magra que espalhava seu perfume doce cada vez que passava por lá.

Deve ser irmã da falecida, disse o velho sem soltar a mangueira e acrescentou que aparecia todos os meses, descia dos seus saltos e se ajoelhava sobre a sepultura para pôr seus crisântemos ou suas rosas sem espinhos, uns ramos enormes, sempre brancos. E fazia o sinal da cruz e rezava um tempinho.

Ergueu seus olhos curtidos, profundos pés de galinha, e baixando a voz lhe confiou que há algum tempo a dama faltou em algumas visitas. A coitada andou bem doente, disse e apontou para a cabeça, agora anda de peruca. Bem boa gente a dama, murmurou pensativo ou sonolento, ainda com o dedo esticado sobre a testa. Sempre me deixa gorjeta por cuidar da sua falecida.

A dama, repete confuso o Primogênito. Vai montado em sua bicicleta com as mãos endurecidas sobre o guidom, os ossos cobertos de *músculos tendões luvas tristeza*. A dama. Os saltos. As moedas. A peruca. O Primogênito chega a um sinal vermelho mas em vez de parar pedala e acelera por entre os carros e se amaldiçoa porque percebe que em todos esses anos sua mãe só foi visitada pela Mãe.

—

Durante vários dias ficou com o rarefeito cheiro das flores plantado no nariz, o zumbido das abelhas nos ouvidos, nos olhos as mãos rachadas do zelador. Aquelas mãos que mal conseguia abrir. Devia ter dito a ele que em alguns lugares do mundo esfregam o veneno da abelha nas articulações enrijecidas e a cera sobre a pele ressecada, mas tinha emudecido.

—

As abelhas tinham muitos olhos, disseram os pequenos Gêmeos quando o Primogênito passou para buscá-los no colégio. Têm dois olhos grandes e seis pequenos, balbuciou um, a outra encostou três dedos sobre suas têmporas, olhos, três aqui, e giraram ao seu redor, zumbindo em volta, dizendo que ele era uma flor e rachando de rir.

—

O Primogênito era a cara da mãe genética porém só os familiares mais próximos sabiam disso, e o Pai e a Senhora, mas ninguém comentava a semelhança. E a Mãe que veio depois dera um jeito de ir desaparecendo com os retratos onde a primeira esposa posava sozinha ou com o marido que deixaria viúvo. Não restava nenhuma imagem da mãe com seu filho pela mão ou no colo, sorrindo. Nenhuma. O Primogênito não tinha coragem de lhe perguntar o que ela havia feito com essas fotos.

Com a voz mais rouca que nunca, a Senhora jurou ao Primogênito que a Mãe fora colocando outras fotos por cima, nas mesmas molduras. Instantâneos dos Gêmeos gordos sobre seu regaço, a irmã adolescente com um diploma ilegível entre os dedos, o Primogênito com a vista cravada no chão. Mas sua mãezinha continuava ali atrás, vendo-os crescer, espiando pelo buraco de outros olhos. A Senhora enrugou o rosto num sorriso exagerado e o Primogênito lhe perguntou se ela pensava que ele era idiota. Já tinha desmontado as molduras e sua mãe não estava lá. A Senhora apertou os lábios e assentiu e se dirigiu ao seu quarto, às suas gavetas, a uma caixa de sapatos de onde resgatou para ele a única foto que conseguira salvar.

Deteve-se no perfil da mãe morta. No coque alto da época. No brinco de argola que pendia das suas orelhas. Passou o dedo por aquele nariz de gancho que o tornava mais homem, enquanto no rosto da mãe a tornava mais verdadeira.

—

O Primogênito tinha se deitado cedo porque madrugaria para a maratona, e deixara sua carteira no chão, ao lado da cama, ao alcance d'Ela que continuava acordada. Sua mão reptou como uma tarântula pelo tapete e a alcançou, abriu-a devagar, introduziu seus dedos pelas frestas cheias de cartões até dar com sua mãe naquela única foto desbotada no limiar de duas épocas. Estava junto ao Pai rejuvenescido, olhando de perfil para a prima distante, acariciando o ombro daquela mãe d'Ela ainda vestida de noiva que descobria a câmera naquele instante, como que surpresa.

Brotou um ronco, a respiração do Primogênito se deteve por um instante e Ela o contemplou sobressaltada. Viu sua mãe no irmão, de soslaio, mas no mesmo instante se desvaneceu.

Se Ela tivesse herdado aquele nariz em arco que tocara ao Primogênito nunca o operaria, nem um milímetro de *osso cartilagem úvula mãe*, teria zelado por esse nariz contra a Mãe que vivia receitando cortar fora tudo o que pudesse sobrar. A gordura e as rugas. A corcova do nariz que seu irmão cuidava como um tesouro e que Ela gostaria de ter para si.

—

Numa cena futura, a enfermeira que lhe tira sangue para um exame de rotina lhe apalpa o antebraço e diz, você tem veias boas. Deve ter herdado da sua mãe. Porque os filhos herdam os males dos pais enquanto as filhas, a genética materna. É o que a enfermeira lhe diz, e Ela dirige seu olhar para a janelinha da sala pensando que teria preferido *padecer compartilhar herdar arruinar* os males da sua mãe.

A mãe biológica a privara até dos seus genes.

Também não se parecia com o Pai, como alguns diziam pretendendo consolá-la.

Toda vez que Ela descrevia algum transtorno, a Mãe voluntariosa exclamava igualzinho a mim quando tinha sua idade. Todas as suas dores eram da outra Mãe. Aquelas infecções, a Mãe as tivera. A dormência que no futuro Ela sentiria nas extremidades no passado a Mãe sentira nas suas. O sofrimento d'Ela era apenas repetição.

Cem vezes a pergunta: Ela era decalque de quem?

—

A Mãe até arquivara a suspeita da anomalia primogênita enquanto o Primogênito estudava em segredo seu sistema ósseo e concluía que só o exercício poderia torná-lo resistente, levantar halteres, puxar polias, aumentar as séries de flexões, agachamentos, abdominais, mas agora sequer os músculos conseguiam protegê-lo. Contundia-se treinando e já não corria nem marchava, apenas mancava, suas dores eram profundas, intocáveis. Cruzou a linha de chegada da sua última maratona arrastando um calcanhar trincado e um pouco de vergonha.

Ela o levou de táxi até o hospital para que o examinassem depois de uma eternidade negando-se a passar no médico. O radiologista o encaminhou ao reumatologista que o encaminhou ao traumatologista que confirmou que durante toda a vida ele vinha sofrendo de osteoporose.

Sofrendo, repetiu o Primogênito, recolhendo todos os passos que tinha dado, sabendo que a dor nunca estivera em seus ossos.

—

Todas as fraturas de todos aqueles anos caíram no seu lugar, mas em vez de perguntar por seus ossos Ela quis dar um aspecto radiante à sombria situação do seu irmão contando-lhe que o último terremoto havia fraturado o eixo do planeta, mudando a inclinação terrestre em oito centímetros, e com isso os dias estavam mais curtos. Seu irmão não dizia nada e Ela preencheu o silêncio da linha com seu entusiasmo. Estamos girando mais rápido. Os dias ficaram 1,26 microssegundos mais curtos. Em caso de necessidade, poderiam no futuro forçar novas fraturas para inclinar ainda mais a órbita e evitar a colisão com algum planeta ou asteroide em voo livre.

Seu irmão a deixou falando sozinha. Ela encheu os pulmões. Tinha certeza de que seu Pai se interessaria por essa informação.

—

Poros nos ossos? É isso que ele tem? Parece mentira que você não saiba o que é a osteoporose, repreende-a o Pai. *Mentira galáctica invenção*. Mentiras que transpassam a medula.

Sério? A Mãe arregala seus olhos clarividentes. Mas isso é doença de mulher! E são terríveis as gengivas que aparecem quando ela separa os lábios para acrescentar que a mãe do Primogênito trincara o quadril uma vez ou talvez duas. A mãe do meu irmão também é minha mãe, Ela corrige enquanto escuta a lista de fraturas que a mãe biológica sofreu em vida. Agora a Mãe está dizendo que deve ser, claro que é, uma falha genética herdada da *mãe tia prima já distante* do Pai. Você se salvou, sentencia, mas Ela se pergunta quem queria ser salva da sua herança. Nem sempre a genética é um destino, pensa.

gravidade

(tempo futuro)

No bolso seus dedos voltaram a topar com algo duro e afiado, como um prego curvo. Era a apara de uma unha estriada do Pai, das suas mãos que eram um mundo. Ele costumava deixar para Ela aqueles restos de si para que depois os fosse encontrando. Se seu Pai velho chegasse a morrer de forma repentina, Ela sabia que continuaria a encontrá-las em seus bolsos.

Nunca vão apodrecer, dizia o Pai com certa presunção. E Ela comprovara que essa parte do Pai era mesmo imortal. Ao longo dos anos Ela vinha colecionando aqueles filamentos paternos num frasco de vidro transparente etiquetado com o nome próprio do Pai. As unhas demoravam a se soltar dos seus dedos úmidos, para caírem pesadas junto às outras.

Que não tivesse nojo delas. Não passavam de células mortas. Imortais células de queratina.

—

Mas seu Pai agora teria que passar por uma cirurgia delicada. *Não podiam esperá-la?* Ela mandou esse apelo como mensagem de celular para o país do passado.

Era um procedimento muito simples, respondeu a Mãe meses antes da operação. Depois de uma semana ele já vai poder retomar sua rotina.

Não devia se preocupar, disse o Primogênito assumindo uma autoridade que Ela não lhe concedera. Ele está com quase oitenta anos, Ela respondeu, e eu moro longe.

Será que você não está sofrendo antes da hora?, sugeriram os imperturbáveis Gêmeos cada um do respectivo aparelho, no quarto do respectivo apartamento. Repetiram, cada um a seu modo, cada um com as mesmas palavras, o que a Mãe já dissera sobre a simplicidade do procedimento.

Não podem me esperar um mês, até terminarem as aulas? Menos de um mês. Já estava com a passagem comprada para uma sexta-feira, dali a apenas 28 dias. Mas seu Pai tinha demorado demais para tomar a decisão e não podia esperar.

—

Sempre foi reticente às intervenções da sua categoria. Reduzia a importância dos seus sintomas. Das suas diarreias ocasionais, da sua mania de vomitar sem motivo aparente. Das enxaquecas que o deixavam de cama. Seu costume era não fazer nenhum exame porque neles sempre descobriam algum problema, e nunca aquele que procuravam. Gostava de dizer isso com um sorriso vitorioso. Tratou da acidez consultando informalmente seus colegas, fumando com eles e fumando sozinho, fumando enquanto atendia os pacientes, e comendo *asas de pombo batatas maionese pimenta*, tomando cafés muito pretos e muito seguidos para suportar a canseira dos plantões.

Você precisa ver o que é isso, dizia a Mãe fumando com ele.

Uma madrugada de ardência ou de soltura ou de náuseas o Pai se levantou da cama e Ela, já dormindo, não notou seus passos pesados sobre o parquê, mas uma luz branca atravessando suas pálpebras para acordá-la e o grito da Mãe caindo como um punhal em seu tímpano. A velocidade da queda tinha diminuído em sua memória enquanto o grito da Mãe se esticava. E nessa lentidão viu o vulto do Pai desabando em toda a sua altura, desmontando aos poucos, em câmera lenta. E talvez na soleira do seu quarto o Pai tenha chegado a estender seus dedos cheios de unhas e enganchá-las num efêmero ponto de apoio, nas emendas do papel de parede.

O papel rasgado em seu colapso e o Pai atravessado em frente à sua porta, bloqueando a passagem. As pontas dos seus pés descalços. A Mãe estava ajoelhada ao lado dele, enfiava o punho em sua boca e ordenava ao Primogênito que o virasse para evitar que se afogasse com o próprio vômito de sangue. O estômago do Pai cheio de lascas de unhas arranhando por dentro.

—

O médico que chegou na ambulância se fechou no dormitório com ele e com a Mãe inchada de Gêmeos e com o Primogênito. Ela foi mandada de volta para a cama, para dormir, como se isso fosse possível.

Não imaginava que o Pai soubesse chorar. Talvez estivesse aprendendo, naquela noite. Seu choro atravessando a parede que separava os quartos era um estertor que caía a golpes, ou não, uma tosse entrecortada, um urro descontínuo que nunca voltaria a escutar.

Seria porque ia morrer que chorava. Logo amanheceria.

—

Que esperassem por ela, insistiu.

Havia coisas que Ela nunca esqueceria.

Seu Pai mexendo a panela de aço inoxidável, horas, dias, a vida inteira. A escandalosa panela que só ferve para esse Pai, ainda de pé na cozinha da época, ainda jovem num pijama que cresce sobre seu corpo emagrecido pela úlcera. Ela o vê mexendo um arroz-doce, com leite desnatado, o leite em pó daquele tempo, o açúcar poeirento de sempre, a canela polvilhada com parcimônia. Aquele Pai reduzido a pó. Grãos de arroz espalhados pela bancada. Meteoros entrando na atmosfera, deixando um rastro pálido na cozinha.

Com o olhar perdido na panela transcorre sua convalescença. Ovos moles. Macarrão sem molho. Maçãs que o Pai descasca com uma faca fina e muito afiada, em redondo. A armadura da maçã desmaiada sobre o prato.

—

A Mãe diminuta não conseguia segurar o Pai quando ele perdia os sentidos. E o Pai tão propenso ao desmaio podia se fazer em pedaços agora que estava velho.

Isso porque você não o viu na época dos cálculos renais, disse a Mãe revirando os olhos. Vivia caindo de costas. Nunca vi um homem assim. Se bem que essas dores são tão intensas quanto as do parto, acrescentou arrependida de tê-lo deixado no chão. O Pai tinha parido pedrinhas por um canal estreito que não estava desenhado para dar a essa luz.

O que foi feito daquelas sementes de cálcio? Podia ter pedido para Ela, podia tê-las guardado num dos seus frascos. Podia ter rolado aquelas bolinhas sobre o cimento como fazia no colégio com as de gude.

Da Avó tinham extirpado uma pedra do tamanho de um caroço de abacate, só que enrugada. Ela contemplava o cálculo biliar que a Avó guardava em sua escrivaninha perfumada. E o rolava na palma da mão.

—

Já os estudantes do seu pretérito país não brincavam com bolinhas. Saíam para protestar em multidão com faixas, com equipamentos de som sobre o ombro, com seus irmãos pequenos, órfãos de autoridade, dançando, gritando, cuspindo, incontroláveis, quebrando janelas, rompendo fileiras, recebendo *cacetadas gases jatos sulfúricos de caminhões* que os derrubavam no pavimento quando não conseguiam fugir.

Às vezes caíam de costas, arrebentavam as vértebras ou a cabeça enquanto os alunos do seu presente dormitavam em suas cadeiras, longe de tudo. Ela se perguntava se ainda acordariam daquela modorra.

—

O pássaro que era seu Pai ia ficando com poucas penas para amortecer a queda. Devia àqueles desmaios as únicas fraturas do seu currículo, um pino instalado e removido, um gesso, calos ósseos já dissolvidos: um recorde de fragilidade largamente batido por seu Primogênito que agora se prestava às injeções de cálcio que lhe receitaram.

—

Esperem por mim, são só vinte dias, tornou a pedir em outra chamada.

O Pai não era um homem adoentado e sim um homem catastrófico. Foi sempre assim, ou pelo menos desde que o conheço e já são muitos anos, disse a Mãe enrolando uma mecha de cabelo com um dedo, puxando, certificando-se de que estava firmemente enraizada em sua cabeça. É sempre assim com os médicos.

A Mãe estava recordando aquela operação do apêndice em que o Pai quase se dessangrou. Caso estranho. Abri. Cortei. Cauterizei e deixei bem suturado, disse o cirurgião amigo, na defensiva. Caso extremo mas irrepetível, não se preocupe, assegurou a Mãe, como um boneco ventríloquo daquele médico, baixando a voz para que o Pai não percebesse que estavam falando dele, sempre pelas costas do coitado.

—

Não iam esperá-la; tampouco a esperaram para os funerais ou os casamentos. As formaturas. Os nascimentos e os batizados. Soube com atraso da estreia dos Gêmeos numa pequena sala de cinema de arte, recebeu o link do curta-metragem e algumas fotos. Ela vivia fora do espontâneo planejamento familiar. Não se lembrava dos aniversários. Não telefonava no dia do santo de ninguém porque chegara a detestar a santidade.

Não sabia o dia exato em que o Pai seria operado. A Mãe queria que seu Pai lhe dissesse a data. Ele não explicou nada da cirurgia? As notícias da televisão como ruído de fundo. O Pai *engolindo ratos comendo sua língua* junto ao telefone. Quando você pensa em contar para sua filha?, a Mãe perguntou ao marido, afastando-se por um instante do fone.

Mas o Pai não falaria da sua próstata com a filha por mais que Ela tivesse existido lá, saído de lá ou talvez de um testículo, pensou Ela sem certeza anatômica mas pensando que mesmo assim tinha o direito de saber. Mesmo que a célula que Ela foi não guardasse nenhuma semelhança com a pessoa em que depois se transformou.

—

Retrato da próstata. Uma noz carnosa e escura coberta por uma nervura delicada que a controla. Território irregular atravessado pela uretra que expele seus próprios líquidos desde que a noz não esteja inchada e não obstrua o fluxo. Quando isso ocorre, é preciso alcançar sua recôndita localização com um corte de cesárea.

—

Um velho pergunta para outro se mijou no dia anterior. Você conseguiu? Consegui, responde o menos encurvado, mais ou menos. Mais ou menos?, pergunta o primeiro. Mais menos do que mais, uns pinguinhos, diz o outro. Eu também, solta o primeiro, por milagre. Não era uma grande cena mas era a única que recordava daquele filme.

Ela já dormira com homens suficientes para saber que alguns escapavam ao banheiro de noite. Que alguns urinavam na banheira para não dar a descarga, de pé, ou sentados e no escuro, tentando acertar o ralo e não deixar rastros da mijada noturna.

Mas em casa de médicos o espeto de pau era o silêncio, e o garfo, o eufemismo. Aquela Mãe que descrevia cruamente todas as partes do corpo usava um nome alternativo para os órgãos situados entre as pernas: países baixos. Falava dos seus próprios países infectados para evitar o detalhe carnal. Perguntava pelos países da filha, por seus sintomas ocasionais. De sexo, naquele tempo, jamais.

—

Nunca falaria com a Mãe sobre a ligação daquele estranho que disse estar realizando uma pesquisa telefônica dirigida a estudantes do colégio. Aquela voz instruída de docente comunicou-lhe que Ela havia sido indicada pelo diretor da sua escola por ser uma aluna notável, era verdade?, inquiriu a voz e Ela titubeou enquanto a voz perguntava se estava disposta a responder à pesquisa em privado. Ela disse que sim. Fechou a porta e se sentou na cama porque a voz convincente daquele homem indicou que devia ficar à vontade e avisar quando preferisse não responder a alguma pergunta. Isso também era parte do estudo, uma parte fundamental. Concorda? Ela concordou e a voz perguntou se estava pronta, e Ela respondeu que sim, e disse seu nome, sua idade, e que sim, tinha uma regra, na verdade várias regras que ela devia obedecer no colégio e em casa, e a voz assentiu do outro lado, certo, você tem regras mas ainda não tem não a regra, muito bem, estava muito bem, não devia se preocupar com isso, acrescentou ao notar que Ela estava ficando nervosa, e perguntou que roupa estava usando. O vestido do uniforme, Ela disse, e a voz confirmou que o vestido era a roupa perfeita e Ela suspirou, e está de meias três-quartos ou até o joelho?, e Ela puxou as meias, com vergonha dos elásticos gastos, e mentiu um pouco, e a voz deve ter suspeitado porque imediatamente voltou a insistir que Ela devia ficar à vontade durante a pesquisa, à vontade e relaxada para as perguntas que lhe faria a seguir. Eram questões muito simples, Ela logo veria. E a partir daí a voz quis saber quantas horas por semana Ela dedicava às tarefas, se o estudo lhe deixava tempo para descansar, o que fazia para se distrair quando estava sozinha, só consigo mesma, em seu quarto. Essa era uma informação imprescindível, podia dizer a verdade porque suas respostas seriam anônimas. Ela pensou um pouco antes de responder livros, que lia muito, seu Pai lhe dava manuais de ciência, de ciência repetiu a voz lentamente disfarçando certo estranhamento, do corpo, do céu, Ela explicou, muito bem, respondeu a voz, e de noite, Ela continuou, observava o firmamento com o pequeno telescópio que tinha ganhado da madrinha. Um telescópio, de noite, a voz repetia como se anotasse suas respostas. E nunca brincava? Brincar?, perguntou Ela, que já não era tão pequena. Brincar consigo mesma, acrescentou a voz buscando intimidade, e continuou como que esclarecendo uma dúvida, brincadeiras de gente grande. Ela não sabia se estava entendendo direito mas não se atreveu a perguntar mais e a voz sussurrou em sua orelha, nunca acariciava o próprio corpo?, e Ela sentiu um calor no rosto e disse que não, um não confuso, insegura do que significava sua negativa, talvez que tinha fracassado na pesquisa, e a voz baixou o tom enquanto lhe dizia que Ela já era grandinha, que decerto brincava com a mão entre as pernas, que se tocava como uma mulher. Ela disse que não sabia. A voz suave, a voz firme, tão de homem advertiu que se quisesse responder bem à pesquisa teria que seguir suas instruções, e Ela concordou porque ia lhe ensinar algo e Ela sempre queria aprender. Intrigada deixou que a voz guiasse sua mão por cima do vestido e os dedos d'Ela pelas coxas e por dentro do seu corpo *macio morno fogo pulsos elétricos* enquanto a voz profunda exigia saber o que estava sentindo agora, e agora?, enquanto mexia os dedos mas então Ela ouviu entrar pelo fone outra respiração quente e reconheceu o tom iracundo da Mãe ordenando que desligasse o telefone para esse homem que chamou de velho tarado vou te mandar pros milicos.

—

Anos mais tarde confiaria a ela a irritação que sentia lá dentro. A Mãe mandou-a deitar na cama, afastar as pernas e se abrir bem e forçar um pouco para fora para que a examinasse com uma lanterna. Não estou vendo fungos. Não estaria se deitando com alguém?

Teve a impressão de que a Mãe a farejava.

—

Seja como for, o Pai tinha exilado os filhos daqueles seus países que começavam a falhar. Sobre a próstata sempre pairava o risco de um dano irreversível que o Pai mencionaria, a incontinência, a impotência.

Qual o problema de ele ficar impotente se já teve quatro filhos com duas mulheres, Ela diz sem pensar no que está dizendo. A Mãe protesta encarando-a ofendida, fique sabendo que seu Pai funciona muito bem. Ela a interrompe exclamando mamãe, apontando a linha que a Mãe está a ponto de ultrapassar.

—

Ligue para mim assim que ele sair da cirurgia, Ela pede antes de encerrar a chamada. E fica ao lado do telefone sentindo que lá se vai seu médico de cabeceira.

E o telefone toca: tudo correu conforme o esperado.

E volta a tocar: houve complicações pós-operatórias, diz a Mãe usando esse eufemismo cheio de incerteza.

Recebe mais um telefonema. O Pai já está voltando para o centro cirúrgico. Perdeu dois litros de sangue *insolente exagerado nauseabundo*, e continua a perder. Não são tantos os litros que um corpo contém.

Ficou bem suturado, acredite, implora a Mãe com a boca seca. Tinha estado lá, ao lado do cirurgião, lá mascarada, lá encapuzada, toda de verde e seus pequenos pés empantufados; e tinha acompanhado a costura, aprovando ponto por ponto. Estava bem costurado, nem o ar podia passar pela ferida que com toda a certeza o curativo acabara de selar. Não era um derramar para fora, era um *crescer inchar saturar rebentar* por dentro.

Agora era reanimado com sangue alheio num gotejar lento, noturno. A urina na bolsa tinha voltado a amarelar, mas na manhã seguinte o Pai estava sangrando de novo. E de novo foi levado para o centro cirúrgico. Abrir e costurar. Cauterizar os minúsculos vasos que pudessem estar supurando. Instalar outro dreno. Grampear a pele. A ordem dos fatores na desordem pós-operatória.

—

E a Mãe não voltou a ligar, abatida e pálida como o verde do seu uniforme cirúrgico. A voz ao telefone que chegou do seu outro país era a do Gêmeo e Ela foi logo exigindo explicações como se ele fosse o inepto cirurgião do seu Pai. Ninguém tem culpa, rebateu o Gêmeo sem se justificar, porque junto do cirurgião havia outros médicos, e a Mãe que não perdia uma operação, e aparelhos de tecnologia avançada que substituíam as mãos do médico, como extensões. Ela pensou nisso. E havia angústia nisso, ira nisso, o abismo sem seu Pai. Ela tentava segurá-lo com seu corpo mas ele escorregava das suas mãos. O Pai dentro d'Ela, entre seus rins. Era tomada de contrações, uma incontrolável vontade de urinar. Sentava-se na privada e fazia força, mas seus países estavam secos. Eram lugares áridos e impossíveis de abandonar. E por isso Ela elevava o tom e o Gêmeo o baixava tanto, tanto, que de repente já não estava lá, era outra a voz, a voz inconfundível da Gêmea que com a mesma pachorra paterna insistia em que não devia se alterar tanto, que estava tudo sob controle. Sob controle?, Ela disse elevando o timbre uma oitava. Sob controle, repetiu sua irmã mais nova. Tudo ia correr bem desta vez. Desta vez? Desta vez. Não entendia se a Gêmea lhe dava razão ou se amassava sua frase antes de jogá-la de volta. Cale a boca, Ela disse. Cale a boca você, disparou a Gêmea perdendo a paciência com sua irmã mais velha. E pare de gritar, que posso escutar perfeitamente. Estamos cuidando de tudo, acompanhando tudo de perto, e suas cordas vocais tremiam de raiva. Estamos todos aqui. Todos menos eu, chiou secamente a mais velha soltando um suspiro que soou à queixa. E desligou para não acordar os vizinhos que já deviam ter acordado. Ele já estava de pé ao lado d'Ela que parecia um cão espancado. Queria uivar.

E a Mãe, onde estava? Devia estar lavando as mãos manchadas de sangue. Devia estar se arrumando para a viuvez iminente.

—

Suas mãos coçam loucamente. Não para de esfregar as palmas contra as calças. Ele diz que pare de fazer isso, só vai piorar Eletrocussão, vai aumentar a coceira. Ela sorri sempre que Ele inventa outro apelido elétrico mas desta vez afasta sua mão. Não sei mais que o fazer, responde unhando as mãos. Não estou preparada para ficar sem meu Pai.

Está demorando demais para morrer, Ele pensou.

—

Experiência com o futuro na história que o Pai lia para Ela, na hora de dormir. Nessa história há um menino que chora a perda da mãe, e o duende, com pena dele, lhe entrega o carretel do tempo que o menino poderá usar sempre que quiser evitar um *apuro castigo ovelha desconsolada*. O duende avisa que só deverá puxar o fio em situações de extrema necessidade, e o menino aceita mas logo desobedece. É tão fácil, tão conveniente fugir para o futuro quando está com medo ou com fome, quando o pegam roubando no mercado ou não quer ir à escola. E assim vai pulando as horas, ganhando dias, perdendo lustros, abandonando todos os momentos ingratos dessa vida que não experimenta como sendo sua: chega a uma velhice prematura em que não há ponta para puxar o passado.

Não era preciso fiar muito fino para entender a moral da história: não se deve brincar com o tempo porque ele não é elástico e pode se romper. O futuro é feito da mesma matéria, das mesmas ruas e casas, das mesmas pessoas ou outras parecidas, do mesmo cheiro podre. Não se deve fugir do presente, dizia seu Pai, ele que costumava mergulhar na cama e entre os lençóis e sumir por vários dias para não sentir o que podia doer.

Terapia do sono, ele chamava essas fugas temporais.

O Pai resolveu estender seu futuro quando nasceram os Gêmeos. Era um homem maduro com uma mulher jovem com aquele par de neonatos de cabeça deformada por um parto estreito. Estavam arroxeados e amassados e berravam furiosos porque fazia um frio úmido fora da Mãe, porque tinham cortado o cordão que os alimentava e seu primeiro peito não os saciava. Mas o Pai sentiu que berravam para ele por ser um pai velho e porque fedia a cinzeiro, porque fumava um cigarro atrás do outro; porque estava há décadas com a bituca grudada nos lábios e não os veria se tornarem adultos. Pai mal-nascido, disse o Pai a si. Os olhos cegos dos fetos se abriam, seus lábios se separavam mostrando-lhe as gengivas nuas, e o crivavam com seu alarido. O remorso ecoava em sua consciência. Devia viver para eles tanto quanto vivera para o casal de filhos mais velhos.

Intoxicou-se com um último maço de cigarros e ainda enjoado de nicotina partiu para a casa dos pais nos arredores da cidade premunido de sedativos que conseguira sem receita. E se enfiou na cama que tinha sido dele mas que agora ficava pequena e tomou a droga que o apagou por oito horas seguidas, quase nove horas num estado de morte que o devolveu à vida, e se ergueu e tomou outro copo d'água, outro comprimido, e urinou e lavou a boca e voltou a adentrar em nove ou seis horas sem pesadelos que depois foram sete ou dez porque precisava de um tempo imenso para destruir seu vício vitalício. Perdeu vários quilos nesses dias e a cama pareceu crescer enquanto ele emagrecia, o sangue desmineralizado, os músculos sem tônus, e quando se levantou cambaleante viu que sua barba tinha branqueado e a raspou. O mal-estar da abstinência começou a aumentar enquanto voltava a seu *tempo cidade filhos inumeráveis* e o superou chupando balas a granel e mascando chiclete e tomando bebidas crepitantes de açúcar e de gás. E o palito de dentes que substituiu o cigarro arrancava o chiclete fossilizado nas frestas da sua dentadura. Aumentou de peso enquanto sobrevivia para aqueles Gêmeos que já beiravam os 25.

—

Acorda de ressaca, com os olhos inchados. Requenta o café que Ele deixou pronto. Quanto será que custa uma passagem para hoje mesmo?, pergunta a Ele e Ele aperta os lábios pensando que deve custar uma fortuna. Começa a pesquisar os preços tentando em vão aplacar a carga negativa que Ela emana. Ela amassa os cabelos e engole uma aspirina a seco, arregaça as mangas e começa a encher a mala que só faria três semanas mais tarde. E trocar a passagem que eu já tenho, quanto será que custa?, insiste da sala, já acabando de acordar. Caríssimo, protesta Ele do cômodo ao lado, talvez seja melhor você esperar dois ou três dias para fazer essa viagem, Electra. Desta vez não achou graça no apelido mas não chega a se queixar. Nesse exato instante entra no telefone uma mensagem da Mãe dizendo, entre gralhas, para Ela vir já. Não pode garantir o que vai acontecer com seu Pai nas próximas horas. Manda junto uma foto do marido prostrado na cama, o tórax afundado, recebendo a segunda, quarta, quinta transfusão de plaquetas. O marido enfastiado de tanto sangue alheio. As sondas grossas, os monitores apitando em diversas frequências, um chiado de respiradores, válvulas, luzes tênues, bandejas e o termômetro que já não é de mercúrio. O Pai imóvel, uns olhos translúcidos que iam se apagando: só seu cabelo revolto parece alheio à desgraça. Quando será que ele parou de usar brilhantina?, Ela se pergunta com espanto, quando raspou o bigode?, e ri sem saber por quê e começa a chorar sabendo perfeitamente por que chora.

E o comentário da Mãe em sua mensagem seguinte: *hoje ele está bem melhor*. Bem melhor do que quando?, Ela pensa. Não é uma foto o que a Mãe lhe envia, é uma estocada insuportável.

—

Retrato de um moribundo com seu relógio sobre a mesa de cabeceira. Essa coisa que olha não é seu Pai e sim *pele murcha carne células perdidas no chão*.

—

Amaldiçoou a companhia aérea que lhe pediu uma certidão de nascimento e uma declaração do médico responsável para tramitar a suspensão da multa. Amaldiçoou a educadíssima atendente que a fez esperar a madrugada inteira colada ao telefone. O sol taciturno da manhã foi subindo, a atmosfera nebulosa clareou e já eram cinco horas da tarde quando lhe telefonaram para anunciar, com uma voz de compaixão burocrática, a política de emergências que aplicariam. A empresa aceitava os documentos, apesar de a carta manuscrita ser ilegível, apesar de o médico frisar, em letras de forma, que a situação do paciente era apenas grave. Depois de deixá-la esperando nove horas iam liberá-la da multa pela mudança de data mas não da taxa que multiplicava o valor da passagem. Ela se conteve: compreendia que as regras não eram escritas pela funcionária mal paga com quem estava falando, pronunciou isso com uma calma assassina. Não sabia qual era seu cargo na empresa, mas essa, para cima dela?!, acrescentou e se deteve, se conteve, apalpou a glândula dos afetos abaixo do tórax, aí embaixo ficava o timo. E completou voltando a esfriar a voz: isso é um abuso. É para meter um processo, e pronunciou processo letra por letra. A funcionária titubeou e pediu que a aguardasse um minutinho naquela linha por onde corria uma perturbação eletromagnética, e antes que o minuto transcorresse estava de volta para lhe comunicar que não precisava pagar mais nada, que partisse o quanto antes ou perderia o avião.

Enquanto isso foram entrando mensagens do Primogênito oferecendo suas milhas. Seus milhares de milhas percorridas por terra e por ar. *Não quero suas milhas*, Ela escreveu em maiúsculas, ou é o que teria escrito poucos anos antes mas agora estavam reconciliados. Talvez tenha teclado um *obrigada* em sua tela, um *não é necessário*. Talvez tenha pensado em lhe dizer que podia ficar com suas milhas já que Ela tinha ficado com todo o dinheiro de que agora seu Pai tanto precisava.

—

Não se lembra de quem fechou a mala. Quem chamou o táxi. Se lhe mandaram por e-mail uma cópia da nova passagem. Mas há um KLYMJ que revoa em sua memória: o localizador ficou gravado como ficam gravados os palavrões em língua estrangeira.

A que horas embarcou no avião. Se decolou com atraso. Se aceitou a bandeja de comida, se tomou um vinho a seco, se engoliu um sonífero, se chegou a pestanejar.

Quem disse o quê, nem imagina.

Erro 404. *Data not found* enquanto o Pai arrisca a vida naquele hospital.

—

Encontra a esquina e já vai entrando nesse recinto onde nunca antes pôs os pés. Acaba de cruzar seus portões altos, de deixar para trás os guardas fardados, de chegar à entrada de um edifício decrépito e cinza que a intimida. Só Ela sabe por que seu Pai escolheu, por que teve de ser atendido nesse velho hospital militar por onde agora Ela arrasta sua mala. Tão exausta. Tão abatida. Quase sem unhas nos dedos cheios de feridas. Com dor nas mandíbulas e até nos ouvidos, e já vai entrando no elevador como em mais um pesadelo. Em vez de jalecos brancos, o pessoal vai vestido de cáqui e botinas pretas. Sobre o peito, insígnias militares.

Uma enfermeira junto à entrada de cuidados semi-intensivos está cortando as unhas. Seu Pai deve ter organizado esse estranho comitê de boas-vindas.

Faz uma pausa para tomar fôlego: está há vinte horas sem respirar. Não deve denunciar nem um sinal de emoção, não vá seu Pai achar que está pior do que está. Porque aí está sua cara chupada. Está aí. Ergue as pálpebras e organiza a duras penas um gesto que poderia ou não ser de alegria. Um meio-sorriso malfeito e um zumbido de ventiladores, seu coração batendo num monitor. Por sua veia vão entrando lentos litros de soro e de ferro que complementam as transfusões de sangue, e são tantos os fios e as sondas que entram e saem do seu corpo que seu Pai parece um ser de outro mundo. Um extraterrestre. A esvoaçante cabeleira que seu pente não conseguiu domar. Sua cabeça elétrica agora baixa. Ela o vê afundar os dedos entre os cabelos prateados como querendo coçar o cérebro.

Filha, murmura espremendo essa palavra das suas cordas vocais. Filha, sem se alegrar de vê-la, perguntando a si se Ela veio se despedir, se está dissimulando um luto antecipado em sua expressão neutra. Talvez não lhe tenham dito toda a verdade, talvez já não queira saber.

Como você está pálida, observa o Pai, parece pior que eu, com essa cara de morta. E ri baixinho, agitando-se no leito, cheio de maldade.

—

Conjetura da anemia. Suas unhas pálidas demoram a crescer. A pele escamada. As olheiras fundas. A imprecisão das lembranças no Pai memorioso. E esses pensamentos que o fatigam, esse não saber, quando acorda, onde está.

O Pai no martírio da relatividade do corpo.

—

E que fim levou seu braço adormecido? Aqui está ele, acordado, diz Ela, erguendo-o sem esforço, abrindo a mão e fechando-a várias vezes seguidas como se espremesse a lembrança de um verão elétrico que conspirou contra Ela. Mas se recuperara e tinha a vida pela frente enquanto ao Pai só parecia restar a vida por trás, ou talvez já nem isso.

E como vai esse país onde você mora?, murmura o Pai confuso, sem se lembrar como se chama, sem a certeza de que, seja qual for o seu nome, esse país possa ter outro destino senão se desintegrar. Será que já não é tempo de você voltar para casa? Voltar ao sul antes que o norte se extingua, Ela pensa, voltar antes que aquilo tudo imploda ou o universo o esmague. Ela quer lhe dizer que nada é para já, que o planeta tem 5 bilhões de anos pela frente, que muito antes disso todos eles estarão mortos. Mas pensa também que talvez o fim do mundo esteja mesmo próximo, porque já quase não restam abelhas nem animais selvagens nem gente com a cabeça bem assentada nos ombros, gente que se oponha à ameaça nuclear de *déspotas cruéis imortais* líderes contra quem é preciso continuar a se opor.

Não era um país ou outro país. Era a terra rolando para sua total dissolução.

—

Ninguém entendia o porquê daquele sangue derramado mas enquanto a Mãe tirava o miolo do seu almoço, porque nesses dias ela não comia nada além de pão, insinuou que podia se tratar de uma complicação hematológica. Circulatória, parafraseou a filha, mas a Mãe discordou enquanto empurrava o miolo pelo contorno do prato. Algum problema no sangue, alguma deficiência, explicou. Porque não era a primeira vez, você está lembrada da sua operação do apêndice? Fazia quanto tempo? Trinta anos, 25, a idade dos Gêmeos. Ela devia ter uns oito anos mas conhecia esse episódio que a Mãe já contara muitas vezes, e ainda assim a Mãe fez questão de repetir a história do cirurgião competente que ficou impressionado com a severa hemorragia do seu *colega amigo vítima paciente* que foi preciso voltar a suturar. E uma vez podia ser azar mas duas já era um padrão, uma pista a seguir. A Mãe arrumou os óculos sobre o nariz como se fossem aumentar sua perspicácia, sua clareza na revisão dos antecedentes, e voltando a tirá-los afirmou que devia ser uma falha nos fatores de coagulação.

—

Fator 7 ou Fator 8: era essa agora a pergunta sanguinária.

—

Apesar de tanto sangue perdido, os médicos pedem para colher mais um tubo. A enfermeira do laboratório se atrapalha com *mãos luvas dedos torniquete* enquanto tenta pegar a veia, e quando finalmente a pega espirra um jato desse sangue fraco porém vivo que ainda circula pelas veias do Pai. Salpica o rosto da enfermeira que, sem saber que doença ele tem, começa a cuspir.

Seu Pai bufa sem dizer nada, mas Ela sabe que está pensando na palavra incompetente.

—

História de convalescença. São as semanas das lentas dormidas anêmicas. Mas ninguém descansa num hospital: os auxiliares entram e saem, e entram as enfermeiras com suas vozes insones, indistinguíveis. Como está se sentindo, doutor? Como passou a noite? Mas a noite padece as rotinas do dia, a noite não era seu refúgio e sim um agitado amanhecer. Os plantões *rolam demolem corroem* os doentes. Doutor, o paracetamol. Doutor, o anticoagulante. Doutor, os exercícios. A troca de lençóis. O onze às quatro, doutor. Doutor. Porque o doutor está preso em seu leito como qualquer reles paciente, sempre disponível. Porque cada remédio tem seu horário, cada medição de temperatura, de pressão, de açúcar, e há pratos insalubres cobertos por uma fina película de plástico, colherinhas em sacos selados, bandejas que alguém põe à sua frente, queira ou não queira comer, esteja acordado ou desmaiado pela falta de glóbulos vermelhos.

E com as enfermeiras e os auxiliares entram o *urologista hematologista anestesista colega cirurgião*, entram, medem sua urina em mililitros antes de jogá-la, de lavar o medidor, e a comparam com a descarga anterior e lhe perguntam, de novo, como está se sentindo?, alimentou-se?, descansou?

E as visitas nunca vão embora, tios e primos dividem os horários e ostentam suas vozes cheias inconscientes do lugar onde estão e das suas regras, não gritar, não comer, não respirar, e os sobrinhos gargalham aos gritos festejando seu reencontro depois de anos sem se verem nem se lembrarem uns dos outros. A Gêmea amamentando seu bebê roliço, o Gêmeo incomodado pela regurgitação ácida e pelo peito despudorado da irmã, e alguém bate à porta, com licença, posso entrar?, e depois da pergunta entra o Primogênito e já está todo mundo lá consumindo oxigênio e saturando o quarto de um maligno CO_2. Vendo o Pai ofegante e abatido, comentam entre si que cara péssima ele tem.

—

Quando ele está dormindo, Ela desliza a cortina verde e curta pelo trilho para evitar que os raios pálidos do sol invernal acordem o Pai que escolheu esse hospital de velhos lençóis remendados, de cortinas que não chegam a cobrir a janela. Escolher é modo de imaginar, porque o Pai não guardou nem um centavo de todo o dinheiro que lhe deu e que Ela gastou. Depende d'Ela que ele saia vivo do hospital. Por isso agora não deixa entrar mais ninguém. Nem mesmo a mulher do seu Pai que tirou esse velho peso das costas e o pôs sobre os ombros da filha, que o aceita contanto que a Mãe vá trabalhar em sua clínica privada e os deixe sós, enfim. Ela se tornou a sargenta do Pai. A porta é o piquete barrando a entrada das enfermeiras que sempre o acordam. Sua voz autoritária anuncia: não está com febre, já mediram seu pulso, agora há pouco passou sua colega, volte mais tarde. Sua voz lhes mente: foi levado para o laboratório para colherem uma amostra, está com o urologista. Ou simplesmente diz, para ver a cara que fazem: papai está pelado, está cagando e com um fedor horrível, saiu para comprar cigarro, já já ele volta. As enfermeiras não acreditam mas não se atrevem a desautorizá-la.

Mas tem que deixar entrar os soldados porque eles vêm consertar o ar-condicionado que não funciona há meses. Batem continência depois de cruzar a porta porque o doutor deve ser tratado com o devido respeito, anuncia exagerando a dicção o milico de grosso bigode. O outro tem cara de menino, tira a boina e faz que sim com a cabeça. A Gêmea franze a testa e sai do quarto com seu bebê pendurado no peito e a câmera no ombro, segurando com o rosto o telefone pelo qual vai terminando de falar. Vai, diz, em busca de um iogurte. A Mãe sai atrás e a convence a ir à cafeteria em frente. O café daqui é um horror, sussurra a Mãe que nunca encontra um do seu gosto. Não entende por que seu Pai escolheu esse hospitalzinho chinfrim, vai dizendo enquanto fecha a porta. Se a Mãe soubesse, Ela pensa, se ela soubesse. É melhor que não saiba, melhor que continue pensando que o Pai gastou todo o dinheiro com outra família, melhor que as duas vão embora. Fico eu com ele e com eles neste lugar onde quem sabe quanta gente morreu torturada anos atrás. As salas estão cheias de *ecos âncoras cortinas de fumaça*. Os corredores, de barulhos incompreensíveis. Os dois soldados estão mudos aguardando ordens e Ela pensa que esses que agora usam boina e botinas e um uniforme absurdo de camuflagem nem tinham nascido nos violentos anos da sua infância. Toma a liberdade de estreitar suas mãos calosas e lhes pedir um favor. Já que vão resolver o defeito do ar, poderiam aproveitar para trocar o tubo fluorescente da parede? Também não está funcionando. As tardes de inverno são uma triste penumbra. Às ordens, diz o jovem recruta com a cara minada de espinhas, e o bigodudo sorri ambiguamente. Talvez faltem peças. Talvez o problema seja outro. Um problema elevado ao cubo ou à décima potência. Batidas na porta que se abre e entra um terceiro milico de passo firme e uniforme de campanha. Este, eletricista de profissão por mais que seu uniforme indique outra coisa, explica que esses tubos queimados são de outra época. Entra um calvo que lhe dá razão. Esse exército de quatro homens cerca o Pai rendido nesse leito que imediatamente desconectam da parede. O mais alto o empurra, outro, o mais magro mas com ares de comando, o puxa para a frente e Ela implora que não derrubem o soro nem enrosquem algum fio. Encolhe os joelhos sobre o sofá puído, agora acuada pelo Pai.

Aquela cabeleira quântica que já foi negra, que já disfarçou as manchas de sol que Ela agora observa na cabeça do Pai, fica bem embaixo da tela, sob as pernas de duas tenistas que correm de um lado para o outro da quadra e escorregam sobre seus tênis e se recuperam, golpeiam a bola, balançam suas sainhas que a câmera enfoca por trás, exibem suas coxas musculosas, suas panturrilhas lisas, enxugam a testa com munhequeiras.

Reduzidos pelos eletricistas castrenses à mínima extensão dos seus corpos: os joelhos d'Ela dobrados em mil pedaços formam ângulos impossíveis sobre o sofá desconjuntado. O Pai anêmico está com o pescoço mais torto que nunca e dessa distância o televisor é um *retângulo áureo espiral logarítmico* ao qual o Pai aumentou o volume com um controle remoto que constitui, agora, seu único poder de comando. Estão todos enfeitiçados pela tela, todos admirando a tenista branca demais e a outra, nigérrima, que continuam a se desferir golpes mortais, gritos breves, sincopados, gemidos suarentos que as raquetadas mal encobrem.

Sem parar de olhar para as tenistas, os militares desencaixam o pesado suporte da luz embutido na parede atrás da cabeceira da cama. Levanta-se uma poeirada de *anos fardos cabelo asas ácaros*, átomos dos doentes que precederam o Pai e que ninguém se deu ao trabalho de aspirar. Ela os respira e os tosse, morta de nojo, e pensa, compungida, que o Pai tem uma ferida aberta ou fechada mas sobretudo infectável, que para um doente os hospitais são áreas de alto risco.

—

Há uma faxineira passando o esfregão sobre a sujeira alheia enquanto tosse sem reparo uma fleuma bronquítica. Espalha as partículas elementares depositadas sobre um linóleo gasto por décadas de desinfetante. Há uma multidão de rodas e de pés, de cordões e tomadas, de vozes que entorpecem seu trabalho. As fibras do esfregão se enroscam nas botinas militares, as encharcam. É a armadilha sibilina e úmida que ela planta para os milicos.

—

E assim como entraram vão saindo um por um a faxineira e os quatro militares até que só resta um deles, o de gesto infantil. Este se posta diante d'Ela e recita, erguendo as mãos calosas, um relatório incompreensível sobre o sistema de iluminação obsoleto que percorre por dentro o ruinoso edifício e os diversos inconvenientes que lhes tem criado, a questão do cabeamento, da corrente alternada, das peças inexistentes, do exíguo orçamento desse hospital público. Tiveram que trocar outra lâmpada queimada e um interruptor que não funcionava. Fala com Ela como se fosse a diretora do hospital ou a chefe de manutenção ou a dona dessa casa onde está morando, como se fosse a dona do seu Pai ou sua representante. Mas Ela não passa de uma filha ocasional.

O Pai azedo: esse soldadinho só falava com você, como se eu fosse um enfeite.

O Pai asceta não tem forças para o jornal nem concentração para um romance. Não há nada para ver na televisão e não se deve desperdiçar energia, diz, apagando a luz que acabaram de consertar.

Não vai morrer, Ela decreta, aliviada por vê-lo resmungar.

—

O que a Mãe quer do outro lado da linha é que Ela descreva a urina da bolsa ou do medidor onde deve ser descartada. Faz a pergunta sem levar em conta que a filha é incapaz de discriminar matizes de cor. A filha titubeia. Não é *limão manteiga banana* nem é *mel milho caramelo abacaxi mostarda*. Também não é *laranja ou fogos eternos*. Suco de melancia?, insiste a Mãe explicando que o sangue tinge muito. Não, Ela responde, atrapalhando-se ainda mais nas variedades tonais do amarelo e do vermelho. Um pouco mais encarnado.

Mais um copo d'água? Se eu tomar mais água vou explodir, ameaça o Pai.

Teria provado a urina dele para fazer seu diagnóstico. Quando era pequena, comparava o sabor da sua própria urina com a dos seus três irmãos. Os Gêmeos faziam xixi nas fraldas onde Ela depositava a língua e o Primogênito não dava a descarga, como se aspirasse a participar do estudo da irmã, como se quisesse testar quão longe chegaria sua sede de conhecimento.

—

Todos os noticiários informam sobre o pulmão que acabam de implantar no corpo de uma menina. Um pulmão adulto que Ela imagina sufocado numa caixa torácica de apenas sete ou oito anos. Uma menina a ponto de explodir. Você não aprendeu nada, replica o Pai, são só pedaços de pulmão que transplantaram nela.

Ela muda de canal e o que aparece é o fundo sonoro das avenidas com seus manifestantes. Barulho ensurdecedor no limite do suportável. Vai mudar novamente de canal mas fica olhando os manifestantes que vociferam contra o sistema de aposentadorias que os condenou a uma velhice desvalida e se pergunta se estarão lhe mandando uma mensagem subliminar.

—

Sentada no duro sofá verde, desviando-se de uma goteira que pinga num recipiente salpicando a parede. Acaba de ler a biografia do físico paralítico que está para morrer ou que talvez já tenha morrido.

Uma pantufa se balança pendurada na ponta do seu pé enquanto o Pai diz: você devia ter lido aquele romance que recomendei. Ela levanta a cabeça surpresa porque não sabe do que ele está falando. Você vai encontrar esse livro na terceira estante, da esquerda para a direita, na sexta posição, indica o Pai ditando de cabeça a cartografia do seu escritório. E na coordenada exata Ela encontra, nessa mesma noite, a edição de folhas secas e quebradiças fatias de florestas centenárias que há muito deixaram de existir. Um clássico forrado de plástico transparente e coberto de poeira. Ao abri-lo, vê a assinatura do Pai um pouco inclinada ao pé de uma página sépia que ainda era branca quando ele anotou a data, em cursivas. *05-1957*. Esse foi o livro que o empurrou para a medicina.

Pergunta-se por que será que ele gostou tanto desse romance. O médico é um sapo arrogante de olhos esbugalhados obcecado com a descoberta recente dos raios x. É um médico infame, irônico, sem interesse por seus pacientes. *Larva translúcida flutuando entre duas águas* é a frase que a distrai. O Pai dorme. Ela se esquece de lhe perguntar.

A marca deixada pela *tuberculose assintomática* que teve não sabia quando. Chamava essa cicatriz de calcificação.

—

Os tuberculosos desse romance habitam altos morros uivantes. Os sãos, as terras baixas, os países baixos que eram um único país.

—

Era o único país preparado para o derretimento das calotas polares e a subida das águas que vinha sendo anunciada. Era o país que tinha implementado um sistema de drenagem capaz de evitar as inundações que o resto do planeta sofreria. Numa viagem a esse país localizado abaixo do nível do mar Ela pegou uma infecção que por pouco não acabou com seus rins.

—

Você sempre foi um dos nossos, opina o médico de olhos esbugalhados quando descobre que o protagonista, de visita para cuidar do primo, também está infectado.

Provavelmente sempre estejamos doentes sem saber. E embora quando era pequena pensasse que todas aquelas histórias sobre o que um corpo podia padecer fossem só para assustá-la, mais tarde entendeu que eram apenas um resumo. Porque o estranho é viver. É tanta coisa que pode dar errado, pensa, afastando a vista da sua leitura para fixá-la na bolsa de urina que vai mudando de tom.

—

General Urology. Encontra esse manual em outra estante do escritório paterno onde passa algumas horas noturnas se distraindo com a urologia. Quinta edição, 1966. O Pai anotou o presente da sua leitura com caneta azul, *1967*. O Pai que assina tem 27 anos. O Pai escreve seu nome três vezes: na primeira página em branco; na segunda, abaixo do título; na terceira, ao lado do sumário.

Coisa estranha. Seu Pai a proíbe de escrever nos livros que lhe empresta mas essas páginas estão sublinhadas do modo compulsivo de um estudante. A Mãe garante que esse manual é dela mas talvez só o sublinhado é que seja.

Os livros sublinhados e anotados: mensagens que a Mãe deixou para Ela em seu futuro e para o marido no passado de ambos.

Se os dois estudaram esse manual, a Mãe deve tê-lo estudado depois.

Notas de estudo. Caligrafia inclinada numa folha solta, entre as páginas. Algumas correções, frases riscadas e reescritas.
  1) *Água abundante*
  2) *Evitar repro (Que será que isso quer dizer? O que ela está imaginando?)*
  3) *Ingestão vitaminas e minerais*
  4) *Limitar leite, eliminar queijo*
  5) *Fosfato ácido Na ou 12 4-6 g. Fosfato neutro Na ou 12 2,5 g*
  6) *Piridoxina. Ácido fólico. > 25 mg × 30*

7) Evitar batatas, doces, frutas doces, amoras, espinafre, gelatina, repolho, tomate, salsão, beterraba, cacau, chá, café, ruibarbo.

—

Com mais hemácias em seu sistema circulatório o Pai teria manifestado mais interesse no achado dessa folha manuscrita. Não faz nenhum esforço por recordá-la nem mostra interesse algum em reconstruir que situação poderia exigir esses cuidados. Tudo mudou tanto, eu estou aprendendo a me esquecer do que aprendi porque esse conhecimento já não serve ou já não tem nenhum valor, auscultar o corpo do paciente, examiná-lo, apalpá-lo; agora a única certeza é a que as máquinas produzem, o olho das máquinas. A medicina já não é aquela que eu estudei, acrescenta num bocejo.

Mas a filha prefere evitar as máquinas e aqueles olhos que tudo veem, o minúsculo e o longínquo e o profundo, o inacessível ao olho humano.

Fingindo-se de distraída, a filha insiste na sigmamicina impressa ao pé dessa folha: não é um antibiótico de amplo espectro da família das tetraciclinas? Ela pesquisou essa informação na rede, o Pai pesquisa em sua própria memória, sim, sim, comenta e pensa mais um pouco, é usado para tratar doenças das abelhas.

Porque *operárias zangões mas não rainha* sofriam de parasitas ocultos em seus corpos e de diversas bactérias e fungos que atacavam suas cabeças coroadas por duas antenas que eram seus narizes, suas cabeças cheias de olhos simples e compostos localizados aos lados, os compostos, e no alto os três olhos simples. Havia um vírus que atacava essas cabeças ou lhes deformava as asas e as pernas com uma paralisia mortal.

As abelhas, uma espécie em extinção que provocaria o desaparecimento da humanidade.

Não conheciam a quietude, nem mesmo dentro das colmeias. Batiam as asas para pairar no ar e para atravessar as centenas de *quilômetros isótopos séculos* que eram capazes de percorrer. Cuidavam e alimentavam umas às outras, defendiam-se aferroando os inimigos da comunidade, morriam destripadas em ataques suicidas. O Pai a deixou falar mas na primeira pausa esclareceu que as abelhas não eram tão comunistas como pareciam. Podiam ser cruéis: uma abelha doente era expulsa da colmeia pelas abelhas saudáveis, para proteger a rainha e as outras operárias.

Algo que os humanos têm feito quando ameaçados por alguma peste.

—

Remexe os bolsos porque precisa de mais uma moeda quando se aproxima uma mulher que carrega no colo uma criança com o papo inchado de caxumba. Intumescimento das glândulas parótidas. A criança chora. A mulher lhe estende a moeda que falta e mesmo sabendo do risco de aceitá-la Ela pega essa moeda e a enfia logo na ranhura e tira o segundo pingado da máquina. Foge dessa mulher, evita o elevador sempre lotado de gente. Sobe pelas escadas de emergência equilibrando os cafés no patamar entres os andares onde se detém para recuperar o fôlego.

Nada alegra tanto seu Pai como vê-la chegar com aquele café de máquina repugnante que os dois tomam juntos a cada manhã, em segredo.

—

Várias mensagens seguidas da Mãe. Se já veio a fisioterapeuta. Se o Pai fez seus exercícios. Se foi caminhar no corredor. Se não, a atrofia muscular vai ser terrível.

Os ossos também podem atrofiar, Ela pensa e em seguida esquece que pensou nisso.

—

Seu cabelo cresceu apesar da anemia. Puxa as mechas para a frente, até a testa, com um pentezinho que guarda num bolso. Ele sempre usou camisas com bolso onde carregava pequenos pentes, nunca camisetas, nunca bermudas, nunca tênis: foi sempre um homem formal, impecável, que agora está com uma bata aberta dos lados com quatro laços soltos que deixam suas costelas à mostra, seu tronco grisalho. O pano só chega a lhe cobrir metade das coxas esquálidas. Caminham devagarinho, os dois, pelo corredor. O Pai avança encurvado, arrastando o suporte do soro, e ziguezagueia como que embriagado pela água salina. As costelas despontando, o tronco encanecido, o país lá de baixo envolto em gaze branca e a sonda e os litros de *suco mel formigas famintas*. E as meias brancas que evitariam a trombose se não já não estivessem laceadas. Se já não estivessem caídas sobre seus tornozelos. Ela decide não olhar atrás quando o Pai se agacha para puxá-las.

Os infames sorrisinhos das enfermeiras e das jovens auxiliares.

Estão acostumadas ao exibicionismo dos pacientes, Ele escreve lembrando-se da sua recente colonoscopia. *Once you've seen a butt you've seen them all*. Ela sabe que nem todas as bundas são iguais. Nem todos os pênis. O do seu Pai envolto em tecido.

—

Sobre a cama, o Pai e a exígua bata de hospital público. A Mãe exclama, impaciente, faça o favor de se cobrir um pouco.

—

Um Pai no chuveiro e uma filha com ele. E uma pelanca escura e enrugada que pende entre os dois, entre a touceira crespa das suas pernas. Ela não tem nem pelo agreste nem essa pelanca paterna, mas quando Ela crescer. Porque todo mundo diz que Ela é igualzinha ao Pai.

—

Tem que deixar entrar os médicos, pede o Pai terminando seu pingado. Por esse hospital assim como por todos os hospitais circula uma tropa de médicos octogenários que o conhecem, que foram seus colegas, e também serpenteiam pelos corredores, mais resolutos, mais ansiosos, falando ao celular, médicos principiantes que foram seus alunos. Suas cabeças despontam pela porta para cumprimentar. Como vamos, doutor?, fazem uma reverência e seguem seu caminho em direção a outros doentes, aliviados por não serem eles nessa cama. Nessa tarde já são três os doutores recém-formados que passam pelo quarto. Apesar da anemia e da confusão, o Pai recita cada um dos seus duplos sobrenomes, enquanto eles, que iam se identificar, guardam os nomes na língua. O Pai faz questão de ostentar o *ano semestre eternidade* em que foram seus alunos, seus erros na prova final, as notas que obtiveram.

—

Na casa da sua Amiga ainda no último ano de medicina os alunos do Pai costumavam se compadecer d'Ela. A aparente compaixão era apenas o preâmbulo do seu desabafo. O Pai começava as aulas falando com o volume de um catedrático mas ia baixando a voz até que se tornava inaudível, até para os alunos sentados na primeira fileira. Alguns chegaram a aprender a ler seus lábios enquanto sua voz evaporava. E a filha não podia evitar um sorriso porque conhecia essa tática paterna, Ela mesma a usaria na sala de aula: ao perceber que os alunos se distraíam baixava os decibéis. Seus estudantes se viam obrigados a migrar para a primeira fila e concentrar a atenção. Ou entregar-se a àquele zunzum que lhes permitiria tirar um cochilo. Ela era exigente nas provas, assim como o Pai, de quem esses aspirantes a médico se queixavam. Seu Pai não apenas era severo na prova escrita e desumano ao dar a nota, mas costumava humilhá-los nos exames orais por qualquer imprecisão. Por um lapso. Por excesso de informação e falta de entendimento. Por não conceber o organismo como um complexo sistema de signos. Por não atentar com cuidado ao relato dos sintomas. Seu Pai lembrava aos alunos que cada um deles era responsável por vidas pelas quais pagariam se cometessem um erro. O erro, porém, estava escrito no cérebro. Errar era humano, por mais que fosse difícil admiti-lo. Somente o erro 404 era próprio da máquina.

—

A imagem do cérebro fatiado enquanto Ela parte ao meio uma couve-flor e arranca seus galhos para *fervê-los moê-los encher a panela* de creme e sal. Sua grossa nervura, seu branco quase cinza.

—

Um dia o escutaria dizer que ele tivera de aprender a deixar que cada um cometesse seus próprios erros. Na época, seu Pai já estava aposentado.

Outro dia disse que vive melhor quem não se lembra do próprio sofrimento. Eu estou aprendendo a tirar o passado da cabeça, disse. A filha desmemoriada lhe deu razão.

—

O médico severo que era o Pai nunca mencionava suas próprias falhas nem as mortes acumuladas nas dobras do seu cérebro. Sua própria mãe tinha falecido numa sala de cirurgia sem que ele pudesse evitar. A senhora tem alergia a algum medicamento?, perguntou-lhe o anestesista. Não, respondeu aquela idosa cheia de esquecimento. Seu filho memorioso recém-formado médico a teria desmentido, teria explicado que já havia sofrido duas reações à dipirona. Uma leve. Outra média. A terceira dose seria a última. Um suicídio por distração.

E havia outra morte desassistida que ele queria ter impedido e que nunca conseguiu esquecer porque lá estava sua memória para impedi-lo. E o rancor do Primogênito. E o insuportável perdão da filha.

—

Observa-o sentado diante de uma mesa, sem *estetoscópio brilhantina bigodinho em cores*, sem mover os lábios. Menciona a mãe biológica, pergunta pela primeira vez se foi Ela quem provocou sua morte ou se foram as aspirinas que causaram aquela hemorragia fatal, ou se foi a combinação dessa filha e desse fármaco. O Pai o nega sem endireitar a cabeça, como se aí carregasse o peso da culpa. Sua mãe teve o parto acelerado com hormônios, murmura, mas exageraram na dose.

Provocaram uma morte química com seu consentimento.

Os Gêmeos não foram induzidos, acrescentou o Pai num murmúrio aflito, nem seu irmão, todos foram dados à luz com lentidão.

—

Estava convencida de que ser filha do seu Pai era melhor do que ter sido sua aluna, mesmo sabendo que Ela teria sido a melhor. Ela. Nem os Gêmeos nem o Primogênito, que nunca disfarçou seu desprezo pela profissão médica.

Eu sempre pensei que você se dedicaria à medicina, disse o Pai com resignação mas com obstinação: sempre voltava a esse assunto que tinham resolvido fazia séculos e ao qual Ela já não era capaz de responder. Mas o Pai fez um desvio no curso habitual do seu monólogo, e no fim você virou doutora, a única doutora da família. Você que é o doutor, retrucou a filha contrariada. Mas o Pai a contradisse. Os médicos só tinham graduação, chamá-los de doutor era uma aberração etimológica.

Etimologicamente doutora, mas por trás do sorriso de dentes amarelados se insinuava a sombra de um apelo. Quando o deixaria ler essa tese que ele havia financiado? E a contemplou como se remexesse em seu interior, e Ela sustentou esse olhar duro de oitenta anos, aqueles olhos foscos, e talvez tenha pestanejado rápido. É apenas uma tese, está cheia de falhas, Ela respondeu tentando disfarçar a trinca que atravessava sua voz, preferia que a lesse depois que a revisasse e estivesse pronta para publicar.

O Pai assentiu mas Ela sabia que ele voltaria à carga e por isso completou, além do mais, você não vai entender nada, papai, são páginas e páginas de equações cósmicas.

—

O Pai levanta a sonda para examinar a bolsa cheia de *limonada mostarda dentes-de-leão*. Uma careta de dor aguda atravessa seu rosto, que se enruga inteiro exceto pelos lábios que se esticam num sorriso ácido. O Pai se dobra. Você está bem? Ela sabe que alguma coisa vai mal lá dentro e o Pai também sabe. Bem, *mente sua respira agitado se contorce*. Deixa escapar que há coágulos presos na sonda e por isso a recolhe e a dobra como uma mangueira, força sua própria urina para dentro da bexiga tentando remover o tampão de sangue seco que está provocando os espasmos. Olhe, olhe! A sonda se enche de coágulos escuros e Ela olha sem querer olhar, fingindo que olha, desviando o olhar mas olhando o que habita o interior do Pai. Sangue do seu sangue vai descendo pela sonda até a bolsa rubra enquanto o Pai faz gestos de extrema dor. Vou chamar o auxiliar, anuncia a filha ouvindo o Pai às suas costas dizendo que não, que não é preciso, que isso ele resolve sozinho, e Ela entra na dúvida, se detém, se desdobra para observar de fora essa cena que já presenciou antes. O Pai desmaiado de dor.

—

Seu Pai apareceu no passado enfiando-lhe um longo tubo até o estômago para aspirar a parafina que Ela havia ingerido. Embora fosse proibido por ser perigoso, o Pai sugou todo o combustível com a boca.

Depois a castigou. E leu para Ela outra história esquecida.

Agora o Pai queria sugar os coágulos da sua própria morte.

—

O sol estava caindo e já era noite. E nessa noite Ela volta ao escritório para folhear a *General Urology*. Nessa noite começa a ler, a sublinhar por cima do já sublinhado. Nessa noite apaga a luz e volta a acendê-la. Nessa noite abandona a cama que já foi sua e ainda é, quando a ocupa, e entra no banheiro que um dia compartilhou com os Gêmeos e tenta urinar mas não consegue. Nessa noite volta ao quarto tiritando porque faz um frio de matar nessa casa que Ela já não conhece a não ser pelos cheiros, e por isso abre o guarda-roupa e encontra a si mesma no aroma estagnado de outros tempos, no lento ar do passado. Respira naqueles casacos que continuam pendurados como suicidas, esperando serem reconhecidos.

Introduz as mãos rápidas nos bolsos. Um por um, cada bolso, procurando pedacinhos perdidos do Pai.

—

Seu amigo que já não é ator vai almoçar com Ela no hospital. Quanto milico, diz ao seu ouvido, observando em volta os recrutas que enchem o salão. São muito lindos esses rapazes, muito mesmo. Seus olhos deslizam lentamente por orelhas *botões lábios fechos reforçados* que poderiam ser abertos com rapidez. Sim, Ela diz, podem ser lindos, diz, e jovens, diz, mas não se esqueça de que são milicos, melhor me falar de você. E o amigo resolve lhe falar dos seus problemas urinários: do estreitamento da sua uretra, do ferro que lhe enfiam por ali para dilatá-la. O amigo sabe que a cada lustro deveria se submeter a esse procedimento que viola sua intimidade, mas espera até que não sai nem um pingo, até que se sente prestes a explodir. Ela o imagina nu e de pé, com o ferro pendendo, com a urina correndo ferro abaixo. Ela pede uma bebida, ele pede uma cerveja clara, Ela acha que seu amigo faz de propósito. Em vez de se sentarem, os militares levam seus almoços e suas bebidas e seus cafés não se sabe para onde. E agora?, Ela pergunta por cortesia, torcendo para que ele se limite a dar um resumo, tudo resolvido? Acaba de despontar entre as nuvens um último fulgor laranja sujo sobre a cordilheira e o amarelo das folhas resplandece, outonal. Estou muito gordo, diz, passo muitas horas sentado no escritório, sentado com a barriga em cima. Tenho formigamento no pênis.

Sonda significa som em alguma língua. E é música o que Ela ouve quando retiram a do Pai e cai urina no recipiente de metal embaixo dos lençóis.

—

A fisioterapeuta é filha do urologista, sua especialidade é a reanimação. Ela conta para Ele, por escrito, à noite. Ele envia de volta uma linha de pontos de interrogação. Ela dita outro texto e o envia percebendo, tarde demais, que se esqueceu de trocar o idioma do teclado. O sistema se desnorteia. *I fix your tears up ill tall feel the rollers Easter so that yeah I had my son.* Volta a ditar, volta a errar, *yeah peer eat aim quenching anything in potential*, troca o teclado, enfim, para ditar: *É perita em incontinência e impotência.*

Especialidade bem curiosa, Ele responde e Ela pensa que essa é uma ironia digna do Primogênito.

Essa fisioterapeuta de cabelos longos o massageia da ponta dos pés até as panturrilhas para estimular sua circulação.

Deixa os dois a sós, Ela. Deixa que seu Pai a engane com as filhas de outros.

—

Mãe e filha alcançam o urologista no meio de um corredor para confirmar se ele vai assinar a alta depois de retirar os pontos. Muito simpática sua filha, Ela diz, para dizer alguma coisa. Para dizer outra coisa a Mãe celebra sua curiosa especialidade e acrescenta sorrindo, eu também quero aprender esses exercícios.

—

Na véspera era apenas febrícula, agora é febre declarada e uma série de incógnitas. Um grama de paracetamol.

Está esperando a máquina despejar o café quando escuta alguém atrás dela. Agarra-se à máquina e se prepara. A traição sempre chega por trás. Punhalada pelas costas. É o urologista que acaba de suspender a alta. O hemograma está alterado. Os glóbulos brancos indicam uma infecção em algum lugar do corpo mas não se sabe onde. Não acha que seja motivo de preocupação mas nesse instante entra uma mensagem do laboratório indicando o contrário. Uma infeção hospitalar. A tão temida infecção resistente.

Procura-se um infectologista que esse pobre hospital não tem.

—

A cada três segundos alguém morria de uma infecção generalizada que recebia o nome de septicemia. Seu Pai: estava fraco mas não confuso, tinha febre mas não calafrios, respirava pausadamente, sua pele não estava coberta de manchas. Isso não significava que não pudesse se complicar de modo repentino. O tempo jogava contra ele.

—

Dois cafés mornos e cinco andares acima o Pai anuncia que vai para casa. Me dê a roupa e me espere aí fora, ordena, mas a milica da sua filha não se move. Senta-se no sofá que já adquiriu sua forma ossuda e lembra ao Pai que em casa vai ter que se enfiar em outra cama, e cama por cama, era melhor a do hospital. Mesmo a deste hospital moribundo. O Pai e seu gesto de desdém. Suas pantufas de coelho esfolado, embaixo do leito.

Calças penduradas no guarda-roupa. Uma camisa resgatada há pouco da tinturaria. Era só questão de se levantar, vestir-se, engravatar-se, calçar os sapatos, subir numa cadeira de rodas veloz e cair fora: é isso que ele quer e que cabe a Ela impedir porque não se sabe quando a Mãe virá ajudá-la.

—

Quando Ele era atacado por aquelas febres repentinas e ferozes, Ela lhe aplicava compressas frias, conforme o recomendado. Temia aquelas temperaturas que disparavam e se prolongavam n'Ele, temia o que poderiam fazer com seu cérebro, *cozinhar fundir reduzi-lo a purê*. Temia que dessa vez Ele tivesse pegado malária ou dengue ou cólera ou qualquer outra peste fermentada nas fossas. Ela encharcava as toalhas em água gelada e o convencia de que só assim a febre baixaria, e Ele se sacudia sobre o colchão. Chega, por favor, chega, Eletrochoque, urrava mas Ela ordenava silêncio e aguentar firme.

As compressas não devem ser geladas, depois o Pai a alertaria por telefone, mas apenas mornas. O repique da febre com esses panos gelados pode ser terrível.

Mas gelo mesmo foi o que se instalou entre eles. Aquele amor, assim como a febre, acabara esfriando. Ela pediu que Ele não voltasse a ligar e pensou que Ele reagiria ganindo como um cão espancado mas Ele não opôs resistência. É melhor assim, murmurou com tristeza.

—

Ter conhecimento também não significava agir em concordância.

Se você fosse seu próprio médico responsável, papai, acha que se daria alta com essa febre? Aturdido, o Pai resgatou seu estetoscópio e o colocou sobre o peito para verificar se a febre crescente acelerara os batimentos. Adormeceu ao ritmo compassado do próprio coração.

Esse pequeno órgão oco atrás do seu escudo de ossos nem sempre era uma metáfora.

—

História do relógio. À falta de ponteiro dos segundos, os antigos mediam o tempo pelos batimentos cardíacos sem pensar que uma arritmia podia alterar esse cálculo.

Porque os dias transcorriam *lentos pesados corações de elefante* e porque Ela perdia a conta do tempo, surpreendeu-se ao notar que o atlético Primogênito já era um senhor um tanto encurvado entrando com certa dificuldade pela porta. E que o Gêmeo tinha barba e usava sapatos de couro. A Gêmea chegara com ar maternal empurrando um carrinho que não passava pelo vão, e Ela se deu conta de que também a irmã tinha perdido a infância. A Mãe era uma anciã que não devia ter nem quarenta anos quando o Pai, que era bem mais velho, protagonizou o comercial de aspirinas que afinavam o sangue. O tempo morto do hospital agora lhes oferecia uma chance de repassarem juntos aquele comercial que constituía, sempre, uma memória disputada, um motivo de discórdia. O Primogênito soltou sua frase desdenhosa, nunca tinha visto o Pai na tela. Ela ergueu as sobrancelhas e afirmou que o viu envolto em seu jaleco branco, rodeado de outros médicos. O Gêmeo a corrigiu, o Pai estava sozinho e de pé, mas como é que o Gêmeo podia ter tanta certeza disso se era apenas uma criança? Não havia mais ninguém com ele, insistiu o Gêmeo, e a Gêmea concordou apertando sua papada. O papai estava sozinho e muito sério, e o Gêmeo completou: murmurava frases curtas e solenes, sem expressão no rosto, como se se tratasse de uma imagem fixa sobre a qual corria sua voz para sempre em off.

—

A aula magna. Seu Pai falou da evolução dos cateteres que serpenteavam pelas vias venosas e arteriais removendo aderências rumo ao coração. Era uma história de cânulas que abriam passagem pelo corpo com um balão inflável na ponta. O Pai ia mostrando desenhos em slides ou talvez fossem transparências que eram depositadas sobre uma caixa de luz e projetadas na parede. Diante de um auditório cheio de especialistas. Diante da família. Uma oportunidade para a Mãe exibir como sua aquela penca de filhos próprios e emprestados. Obrigou-os a vestir uma roupa formal que nunca teriam e, portanto, usaram, em lugar disso, o uniforme escolar sem a insígnia. Exceto o Primogênito que alegou uma competição esportiva para não ter que aplaudir o Pai.

A voz do Pai foi se extinguindo até que um velho médico rugiu da plateia, professor, fale mais alto.

—

Surgiu como um eclipse seu professor de termodinâmica: aquela obsessão com *sondas enemas cânulas cateteres* devia ser coisa de professores tímidos.

—

Incompetente. É a qualificação que recebe o infectologista eminente trazido de uma clínica privada para cuidar dessa emergência. Acaba de decidir que o paciente não será deslocado a nenhum outro lugar exceto a sala de ultrassom onde poderão verificar se sob a cicatriz há um criadouro de bactérias. O Pai comentara que quando tiraram os pontos viu brotar uma gota de líquido seroso. Gotejar. Supurar. Exsudar. Não é nada, tinha dito sabendo perfeitamente que a febre estava alojada ali.

O microscópio teria a última palavra.

—

Acende as luzes, a bolsa de urina brilha como um sol caído.

—

O Pai tinha sido levado pelos corredores abertos desse hospital antigo, pátios destelhados, baldes que recolhiam a água suja das calhas, muros trincados por terremotos e lajotas soltas nos cantos; em alguma sala secreta deviam estar drenando sua urina suja de bactérias anônimas que logo poderiam nomear. Enquanto isso a Mãe esperava por ele no quarto gelado, envolta num cobertor que trouxera de casa, com o celular ligado na tomada. A tela ia marcando os segundos, odiosos minutos, uma hora demasiado lenta ou talvez mais. E Ela fazia hora para voltar quando recebeu uma mensagem do telefone do Pai mas era a Mãe quem escrevia desse aparelho emprestado. Seu celular tinha sumido. *Como assim o roubaram, Mãe? Você não estava aí? Será que não ficou em outro lugar?* Porque toda vez que perde alguma coisa a Mãe acha que foi roubada. A Mãe responde no ato para bloquear as dúvidas da filha. *Aqui não para de entrar e sair gente*, e enche a tela de raivosas exclamações. *Com certeza entraram na ponta dos pés. Devo ter cochilado uns minutos*, escreve, *estou exausta, farta deste hospital antro de ladrões.*

Deus me mandou a tortura de exercitar a paciência, diz a Mãe soprando as mechas de cabelo sobre os olhos. Só quando quer pôr a culpa em alguém a Mãe invoca Deus sem remorso.

—

É o retrato do estoicismo. O Pai envolto em seus pensamentos como outrora na fumaça do seu cigarro. O Pai varrendo as migalhas sobre o prato com um dedo, apertando, recolhendo-as para levá-las à boca. O Pai tomando a canja de galinha com gesto imperturbável. O rosto fúnebre da Mãe vendo-o comer como um passarinho. O Pai batendo suas unhas duras contra os dentes como um pica-pau. O Pai dando corda ao seu relógio e anotando o que vai fazer quando o liberarem do hospital, apesar dos dias perdidos que sua agenda nunca lhe devolverá.

O Pai não se queixa de nada enquanto a Mãe faz o contrário, não para de se queixar.

A Mãe trabalha sem pausa, como se em vez de trabalhar escapulisse desse hospital público aonde não voltará mais.

—

E o rapaz dos ossos não vem se encontrar com você? Quem sabe, responde a filha furtando-se da verdade. Tudo tinha desandado entre eles, Ele não voltou a ligar nem responde às mensagens que Ela lhe manda por mais que as *receba leia rasgue em mil pedaços*, e Ela teme que tenha atirado seu celular contra uma porta, que tenha estilhaçado a tela, mas sabe que não foi isso que aconteceu.

O vazio se abriu entre eles e já não pode ser fechado.

—

Contempla uma vitamina desmanchar na água. Bolhas ascendentes que estouram propiciando o nascimento de uma galáxia efervescente que Ela vai engolir.

—

Quanto antibiótico estão administrando, papai? Não sei. Você não perguntou? Não, não perguntei, mas Ela sabe que é mentira. Deve ser uma dose muito alta, diz o Pai pouco depois, e acrescenta, iracundo, estão usando metralhadoras para matar mosquitos. Assim aniquilam todos os mosquitos juntos, Ela responde. É, concorda o Pai, erguendo a voz como se a raiva exercesse um efeito tônico em suas cordas vocais, assim vão matar é a mim.

Ela aproveita para esborrachar outro mosquito promíscuo do hospital. Suas asas ficam esmagadas contra a parede, coladas com o sangue *fresco letal estafilococo dourado* que o mosquito sugou do Pai. Porque os mosquitos têm coração mas não têm sangue, Ela se lembra, contemplando o rastro sanguíneo do seu Pai espalhado na pintura rachada. É constelação de manchas.

Foi uma morte instantânea, desta vez, das outras seu golpe só chegou a derrubar o mosquito que ficou agonizando, pernas para cima, mexendo-se convulsivamente.

—

O relatório do microscópio: quase não há bichos no líquido seroso. O Pai tinha razão: usaram metralhadoras para acabar com uma leve infecção. O potente antibiótico surtiu efeito imediato e o Pai rompe águas pela ferida. Encharca *curativo bata lençóis horas folhas do jornal.*

E no entanto não lhe dão alta.

E seu Pai vai envelhecendo, enquanto isso.

—

Ao sair do seu confinamento o doente deve começar a se recuperar da sua recuperação. O Pai, submerso em seu buraco, espera por esse momento.

—

E você nunca se interessou pelos planetas habitáveis?, pergunta o Pai sem lhe perguntar o que Ela esperava. Ela sorri tristemente, negando com a cabeça e em seguida afirmando, porque chegou a pensar nesse tema, sim, mas logo o abandonou, como quase tudo. Mas sabe que os cosmologistas estavam empenhados em encontrar planetas alternativos, que já havia 119 candidatos mas apenas dez tinham o tamanho e a temperatura da terra. Alguns afirmavam ter encontrado água num planeta de outro sistema solar, chamado trapista. E aí?, interrompe o Pai, e Ela explica que esse sistema está a quarenta anos-luz, 9,5 trilhões de quilômetros multiplicados por quarenta, e o Pai arqueia os lábios cheio de desencanto e levanta o jornal para encerrar a conversa, mas volta a estendê-lo sobre a cama e lhe pergunta pelo lago subterrâneo de água salgada que acabam de descobrir no planeta vermelho. Sim, Ela reconhece, há um lago embaixo do gelo mas não se sabe quanta água contém. E marte está a milhões de quilômetros daqui, a sete meses de ônibus espacial, diz com o olhar fixo na janela.

Alguns acreditavam estar à deriva sobre uma grande rocha espacial andando em círculos, abandonados à sua sorte; era gente que só aspirava a não sair de órbita, a não se chocar com outra rocha semelhante ou com o sol.

—

É uma manhã especialmente fria entre os invernos destemperados do pretérito país que começa a se tornar, outra vez, lentamente, seu país do presente. O Pai acaba de receber alta, é conduzido sentado numa cadeira que roda em direção à saída. E as temperaturas são baixas e a umidade é altíssima mas o Pai resiste a se agasalhar. Ela bate os dentes apesar do cachecol e do casaco trazido do polo norte e do guarda-chuva que abre para evitar que a chuva mije em cima deles. Despede-se dos enfermeiros em seus magros uniformes militares perguntando-se quando terá que voltar com o Pai a esse hospital insalubre. Porque sua recuperação era apenas um dado do agora, sua salvação de agora não significava que a morte não o esperasse da próxima vez. É uma questão de probabilidades, e a probabilidade está no coração da ciência.

Voltará a chover e a estiar, voltará a se desenhar a perfeita cordilheira azul, nevada até os pés. Um sol limpo brilhará entre nuvens aguadas enchendo as largas vidraças e Ela se sentará junto a esse Pai séculos mais velho, mais doente, com Ela ao lado, *anciã nariguda bigoduda amarga* com uma inútil mentira ainda atravessada na garganta.

—

Esperando por esse táxi que ainda não chega, Ela pensa que deve lhe dizer tudo antes que não seja mais possível. Dizer que nunca escreveu aquela tese. Que o prazo para entregá-la terminou. Que nessa manhã recebeu uma carta da universidade comunicando sua expulsão definitiva. Já não tem volta e Ela deveria se sentir liberta mas se pensa mais prisioneira que nunca, com essa carta *pena perpétua parafusos para escafoide* ainda na bandeja de entrada. Seu coração murchou, ficou frio quando a leu.

Dizer papai enquanto o aguaceiro se intensifica. Ouvir uma voz decrépita perguntando, você disse alguma coisa? Responder, não está com frio, papai? e repetir a pergunta por cima da chuva com a voz embargada. Sentir que o Pai sussurra, aconteceu alguma coisa?, como se ele soubesse sem necessidade de virar a cabeça para Ela, que está atrás da cadeira. Ninguém pode ouvi-los. Não papai, diz Ela, é um silvo sua língua, é um fio sua voz molhando-se na tormenta, e em seguida pronuncia um trôpego não é verdade papai mas aí mesmo se acaba a frase. O Pai estica seus velhos olhos na direção d'Ela como se procurasse suas pupilas dilatadas sob a sombra do guarda-chuva. Sim, aceita o Pai, nada é verdade, essa é a única certeza.

O problema nunca foi a teoria da física, por mais que sua evidência fosse fraca e seu modo especulativo, o problema era, ou é, e apressa a frase porque o Pai quer interrompê-la, que a comprovação matemática estava me matando. Ela acabara por aceitar que só lhe importava aquilo que não entendia, aquilo que não podia ser visto, o conjectural, esse mover-se às apalpadelas no quarto escuro do cosmos. Não enfiar o olho por telescópios tão potentes que permitiam ler um jornal aberto na lua. E o Pai nega com a cabeça como pedindo que se cale mas Ela já não pode se calar e lhe diz, agonizante, que tentou mas não conseguiu e gastou até o último centavo do seu Pai. Suas economias, sua velhice.

Eu já sabia, murmura o Pai tiritando de frio. E faz uma pausa antes de terminar, porque pensa avistar um táxi ao longe e levanta a mão para que o veja. Você não é boa mentindo, filha, e deslocando-se do tempo presente para o do passado acrescenta: você piscava muito toda vez que eu perguntava, piscava como sua mãe quando mentia para mim. Com os mesmos cílios rápidos, com a mesma cintilação no olhar.

—

Quis lhe dizer que tinha lido num livro, fazia pouco, que quem escuta com atenção não precisa ver. Quis lhe dizer que aquela linha a estremecera, que engasgara com ela, que tossira convulsivamente e então fechara os olhos e compreendera algo que não conseguiu pôr em palavras e por isso não o disse.

—

Continuam na calçada, entre fileiras de carros estacionados, os dois. Abandonados os dois. Ela empurra a cadeira afastando o Pai do hospital, para ver se encontra um carro que os tire daquelas ruas úmidas. Então se dá conta de que há uma greve de transporte coletivo na cidade. Os trens do metrô, os ônibus, os táxis, todos os seus motoristas parados no centro, com faixas. Aqui a coisa anda agitada, diz o Pai quando Ela o lembra da paralisação, agitada demais para o meu gosto. Greve das alfândegas, dos transportes, e estão anunciando uma do colégio de arquitetos para segunda-feira, dos professores para a quinta, mais uma marcha dos secundaristas, dos imigrantes, de centenas de mulheres violentadas e espancadas e assassinadas neste país. E assaltos a banco, pontes caindo, seca, rolos políticos, corruptos e sem-vergonhas. E não é só aqui, diz o Pai. É em toda parte, em todos os países. Parece mentira que a terra continue rodando inteira. A quantos segundos estaremos da debacle mundial, meio minuto?, diz, levantando uma voz de pássaro ferido. Qual é a última conta do relógio do apocalipse? Mas Ela não responde, não consegue falar, esse Pai ainda parco de glóbulos mas cheio de energia, esse pai ressuscitado está dizendo que o futuro é feio, que quer ir embora para outro planeta.

Devíamos consertar este planeta, não fugir para outro onde repetiríamos os mesmos erros. Os mesmos erros, repete o Pai, que erros poderíamos reparar?, por qual você começaria?, pergunta com a vista perdida, fechando seus olhos *abstraídos anêmicos cordeiros por degolar*.

Avivado pela ventania acrescenta, você agora está sem nada, não tem nem sequer aquele rapaz, não é?, o rapaz forense com quem você vivia, e eu não posso sustentá-la, o que vai fazer?, o que quer fazer? Ela o contempla com os olhos esvaziados, como se estivesse perdida dentro de si, como se estivesse se afogando, fugir com você?, e levanta as sobrancelhas, para outro planeta?, e titubeia, sua voz são muitas vozes, sua pergunta é *nervosa nebulosa fugaz curto-circuito de estrelas*.

Fechado, diz o Pai vendo espirrar fagulhas em torno da filha, a filha tocada pela luz, além do mais, diz, você me deve essa, me faz falta nessa viagem, você é a especialista no além.

Sistema nervioso © Penguin Random House Grupo Editorial S. A., 2018.
Mediante Rogers, Coleridge & White Ltd.
© Lina Meruane, 2018.

Todos os direitos desta edição reservados à Todavia.

Proibida a venda em Portugal.

Grafia atualizada segundo o Acordo Ortográfico da Língua Portuguesa de 1990, que entrou em vigor no Brasil em 2009.

capa
Marcelo Delamanha
preparação
Silvia Massimini Felix
revisão
Eloah Pina
Livia Azevedo Lima

Dados Internacionais de Catalogação na Publicação (CIP)
— —
Meruane, Lina (1970-)
Sistema nervoso: Lina Meruane
Título original: *Sistema nervioso*
Tradução: Sérgio Molina
São Paulo: Todavia, 1ª ed., 2020
240 páginas
ISBN 978-65-80309-75-7

1. Literatura chilena 2. Romance
I. Molina, Sérgio II. Título

CDD 868.9933
— —
Índice para catálogo sistemático:
1. Literatura chilena: Romance 868.9933

todavia
Rua Luís Anhaia, 44
05433.020 São Paulo SP
T. 55 11. 3094 0500
www.todavialivros.com.br

fonte
Register*
papel
Munken print cream
80 g/m²
impressão
Geográfica